**TASCABILI BOMPIANI 291**
*NARRATIVA*

# Woody Allen

# EFFETTI COLLATERALI

**TASCABILI BOMPIANI**

Titolo originale
SIDE EFFECTS

Traduzione di
PIER FRANCESCO PAOLINI

ISBN 88-452-1059-6

X edizione "Tascabili Bompiani" gennaio 1992

# RICORDO DI NEEDLEMAN

Sono passate quattro settimane e non riesco ancora a capacitarmi che Sandor Needleman è morto. Ero presente alla cremazione e, su richiesta del figlio, avevo portato le mentine per tutti; ma, perlopiù, non si aveva altro per la testa che il nostro dolore.

Needleman ne aveva sempre fatto un'ossessione, del proprio funerale, e una volta mi disse: "Preferisco cremato che non sotto terra, e tutt'e due a un weekend con la signora Needleman." Finì per donare le sue ceneri all'università di Heidelberg, la quale le sparse ai quattro venti e impegnò l'urna al Monte di Pietà.

Mi pare ancora di vederlo, col vestito stazzonato e quel pulloveraccio grigio. Distratto da questioni di ben altra portata, spesso dimenticava di togliere la stampella quando s'infilava la giacca. Una volta gliene feci notare, nel corso di una cerimonia a Princeton, e lui, sorridendo con calma, mi disse: "Bene, lasciamo che quelli che trovano deboli le mie teorie pensino almeno che ho le spalle larghe." Due giorni dopo fu ricoverato in manicomio, a Bellevue, per aver fatto un'improvvisa capriola all'indietro, nel bel mezzo di una conversazione con Stravinskij.

Non era facile capire Needleman. La sua reticenza veniva scambiata per freddezza, ma egli era capace di grande compassione, e una volta, dopo aver assistito a un tremendo disastro minerario, non riuscì a finire una seconda porzione di trippa. Anche il suo silenzio sconcertava la gente, ma per lui il linguaggio era un mezzo di comunicazione difettoso, quindi preferiva usare bandierine da segnalazione anche per i colloqui più intimi.

Quando fu estromesso dal corpo accademico della Columbia University in seguito a una controversia con l'allora rettore, Dwight Eisenhower, si appostò e prese il famoso ex generale e futuro presidente a colpi di battipanni costringendolo a cercar rifugio in un negozio di giocattoli. (La polemica fra i due era nata da un aspro disaccordo circa la campanella di scuola: se segnasse la fine di un'ora o l'inizio di un'altra.)

Needleman aveva sempre sognato una morte tranquilla e silenziosa. "Fra i miei libri e le mie carte, come mio fratello Johann." (Il fratello di Needleman era morto soffocato nella sua scrivania a cilindro mentre cercava il rimario.)

Chi l'avrebbe mai detto che, mentre guardava un lavoro di demolizione durante l'intervallo per il pranzo, Needleman sarebbe stato colpito alla testa da una berta spaccablocchi? Lo choc fu potente, spirò col sorriso sulle labbra. Le sue ultime, enigmatiche parole furono: "No, grazie, un pinguino ce l'ho già."

Come al solito, anche all'epoca della sua morte Needleman stava lavorando a varie cose. Fra l'altro, era impegnato a creare una nuova Etica fondata sulla sua teoria per cui "un comportamento buono e giusto non soltanto è più morale ma si potrebbe espletare per telefono". Inoltre, era un bel pezzo avanti con un nuovo trattato di semantica mirante a dimostrare (tesi che propugnava con violenza) che la struttura della frase è innata mentre il nitrito è acquisito. E poi stava lavorando a un ennesimo libro sull'Olocausto. Questo, con dei tagli. Needleman era stato sempre ossessionato dal problema del Male e argomentava, con grande eloquenza, che il vero male è possibile solo se, a perpetrarlo, è qualcuno a nome Blackie o Pete. Il suo flirt col nazismo provocò, a suo tempo, uno scandalo nei circoli accademici; ma, nonostante le lezioni di ginnastica e di danza, non riuscì mai a eseguire il passo dell'oca alla perfezione.

Il nazismo per lui era semplicemente una reazione alla filosofia accademica. Tesi, questa, che tentò sempre di inculcare negli amici. Li agguantava per le orecchie con finta eccitazione e gridava: "Ahà! Ti stacco il naso!" È facile oggi criticare la sua infatuazione per Hitler, senonché bisogna pure tener conto dei suoi scritti filosofici. Aveva rifiutato l'ontologia contemporanea e asseriva che l'uomo esiste *ad arbitrium* ma non ha molte scelte. Distingueva fra esistenza e Esistenza, e sapeva che una è meglio dell'altra, ma quale? Non riusciva mai a ricordarlo bene. La libertà umana, per lui, consisteva nel rendersi conto dell'assurdità della vita. "Dio tace," amava ripetere, "ah, se adesso si riuscisse a far chiudere il becco all'Uomo!"

Un autentico Essere, ragionava Needleman, può soltanto estrinsecarsi durante i weekend, ma anche allora bisogna farsi prestare una macchina. L'uomo, secondo Needleman, non è una "cosa" avulsa dalla natura, bensì parte integrante di essa; e non può osservare la propria esistenza se prima non fa finta di niente e poi spicca una corsa, all'improvviso, da un capo all'altro della stanza, velocissimo, nella speranza di intravedersi.

Il fenomeno della vita si riassumeva, per lui, nel termine *Angst Zeit*, che vuol dire pressappoco Angoscia-Tempo o Tempo dell'Angoscia, e cioè: l'uomo è una creatura condannata a esistere nel "tempo", senonché non è qui che l'azione si svolge. Dopo lunghe riflessioni, il rigore intellettuale di Needleman lo portò alla convinzione che lui non esisteva, non esistevano i suoi amici, e che l'unica realtà era un suo pagherò, per sei milioni di marchi. Pertanto fu affascinato dalla filosofia della potenza insita nel nazismo, ovvero, com'ebbe a dire lui stesso: "La camicia bruna si intona col colore dei miei occhi." Quando risultò evidente che il nazismo era proprio tutto ciò cui Needleman era strenuamente contrario, lui fuggì da Berlino. Travestito da cespuglio, e muovendosi solo in diagonale, a tre rapidi passi alla volta, attraversò il confine senza farsi notare.

Dovunque andasse in Europa, trovava studenti e studiosi disposti ad aiutarlo, reverenti di fronte alla sua fama. Scappando qua e là, trovò il tempo di pubblicare *Tempo, essenza e realtà: sistematica rivalutazione del nulla*, nonché un delizioso trattatello su *Come e dove mangiar bene nella clandestinità*. Chaim Weizmann e Martin Buber organizzarono una colletta e raccolsero petizioni firmate che mettessero Needleman nella condizione di poter emigrare negli Stati Uniti; ma, a quel tempo, l'albergo di suo gradimento era al completo. Siccome aveva le SS alle calcagna, e il suo nascondiglio a Praga era stato scoperto, Needleman decise di partire lo stesso. Senonché ci fu un intoppo all'aeroporto, dovuto all'eccesso di peso del suo bagaglio. Albert Einstein, che era sullo stesso volo, calcolò che se avesse eliminato le stringhe dalle scarpe, avrebbe potuto portarsi tutto il resto. Da allora, i due si tennero in corrispondenza. Einstein una volta gli scrisse: "Il suo lavoro e il mio sono assai simili, anche se non so ancora, esattamente, in che cosa consiste il suo lavoro."

Una volta in America, Needleman fu quasi sempre al centro di accese polemiche. Pubblicò la sua famosa opera *La non esistenza: come comportarsi quando se ne è improvvisamente colpiti*. Un classico divenne anche il suo manuale di filosofia del linguaggio, *La semantica del funzionamento non essenziale*, da cui fu tratto il famoso film, *Volarono di notte*.

Tipico: fu pregato di dimettersi da Harvard a causa della sua adesione al Partito comunista. Secondo lui, solo in una società senza sperequazioni economiche poteva esserci la vera libertà, e citava a modello un allevamento di formiche. Era capace di starle a guardare per ore, e soleva ripetere, scuotendo la testa: "Sono davvero armoniose. Se le loro femmine fossero più carine, sarebbe fatta."

Interessante: quando Needleman fu convocato dalla Commissione per le attività antiamericane, denunciò tutti i suoi amici. A sua giustificazione addusse: "Le azioni politiche non hanno conseguenze morali, in quanto sussistono al di fuori del regno dell'Essere reale." Per una volta tanto, la comunità accademica accusò il colpo; e trascorsero alcune settimane prima che i docenti di Princeton decidessero di incatramare e impiumare Needleman. Fra parentesi, Needleman usò questo stesso ragionamento per giustificare la sua teoria del libero amore. Ma nessuna delle due studentesse se la bevve e la sedicenne fece una piazzata bestiale.

Needleman era per la messa al bando delle prove nucleari e si recò a Los Alamos dove, assieme a molti studenti, si rifiutò di allontanarsi dal luogo dell'esplosione atomica. Quando fu chiaro che l'ordigno sarebbe stato fatto detonare lo stesso, nonostante il rifiuto dei dimostranti di sgombrare il poligono, si udì Needleman borbottare: "Uh-oh," e quindi se la diede a gambe. Quello che i giornali non riferirono è che era digiuno dalla sera avanti.

Facile ricordare l'uomo pubblico Needleman, il brillante polemista, l'impegnato autore di *Modi di moda*; ma è del Needleman privato che io serbo memoria più affettuosa, del Sandor Needleman che non stava mai a capo scoperto. Fu cremato con il cappello in testa. Di prima, credo. O il Needleman che andava pazzo per i film di Walt Disney e che, nonostante le lucide spiegazioni di Max Planck sui disegni animati, voleva a tutti i costi telefonare a Minnie. Non c'era verso di dissuaderlo.

Una volta Needleman fu ospite a casa mia. Sapevo che gli

piaceva molto una certa marca di tonno. Ne feci una grossa provvista. Lui era troppo timido per confessarmi quanto gli piacesse. Ma una sera, credendosi solo, aprì tutte le scatolette, e ripeteva: "Siete tutti miei figli."

Alla Scala di Milano, era con me e mia figlia, Needleman si sporse troppo dal palco e cadde a capofitto nella buca dell'orchestra. Troppo orgoglioso per ammettere che era stata una disgrazia, tornò a Teatro ogni sera, per un mese, e ogni sera replicò quella caduta. Gli venne una leggera commozione cerebrale. Gli dissi che ormai poteva smetterla di cadere visto che aveva già convinto tutti. Ma lui: "No. Ancora un po' di volte. Davvero, non è poi così male."

Ricordo il settantesimo compleanno di Needleman. La moglie gli regalò un pigiama. Lui rimase deluso, avendo velatamente espresso il desiderio di ricevere una Mercedes. Si appartò allora nel suo studio, dove (e ciò depone a onore del Nostro) diede in escandescenze a porte chiuse. Tornò quindi sorridente in mezzo agli ospiti e indossò quel pigiama alla prima di due atti unici di Arabel.

# IL CONDANNATO

Brisseau dormiva al chiardiluna. Supino sul letto, col panzone per aria e la bocca dischiusa in un sorriso ebete, sembrava un qualche oggetto inanimato, come un grosso pallone da calcio o due biglietti per l'Opera. Poi, quando si ribaltò e il chiarore lunare parve investirlo da una diversa angolatura, prese invece a somigliare a un servizio da tavola per dodici in argento, completo di zuppiera e insalatiera.

Sta sognando, pensò Cloquet, chinandosi su di lui, con la pistola in mano. *Lui* sta sognando e io... io esisto nella realtà. Cloquet odiava la realtà ma si rendeva conto che era pur sempre l'unico posto dove procurarsi una buona bistecca. Non aveva mai spento una vita umana, lui, finora. Sì, una volta aveva ucciso un cane pazzo, ma solo dopo che la sua pazzia era stata attestata da un'*équipe* di psichiatri. (La diagnosi fu di mania depressiva poiché il cane, dopo aver tentato di staccare il naso a Cloquet con un morso, non riusciva a smettere di ridere.)

Nel sogno, Brisseau si trovava su una spiaggia assolata e correva gioioso verso la sua mamma che gli tendeva le braccia, ma quando era sul punto di abbracciarla, la donnetta canuta e piangente si tramutò in due coni di gelato alla vaniglia. Brisseau gemette nel sonno e Cloquet abbassò la rivoltella. Era entrato dalla finestra e rimase, così, sospeso sopra il dormiente per due ore e passa, incapace di premere il grilletto. A un certo punto tolse la sicura e piazzò l'arma dritta nell'orecchio sinistro di Brisseau. In quella, si udì un rumore, e Cloquet corse a nascondersi dietro il comò, lasciando la pistola infilata nell'orecchio di Brisseau.

Madame Brisseau, con indosso una vestaglia a fiori, entrò nella stanza, accese l'*abat-jour*, e notò subito l'arma protrudente dal padiglione auricolare del marito. Sospirò, quasi materna, e gliela tirò fuori deponendola sul cuscino. Gli rincalzò le lenzuola, spense il lume e uscì.

Cloquet, che era svenuto, tornò in sé dopo un'oretta. In un momento di panico immaginò di essere tornato bambino, in Riviera. Ma passati quindici minuti senza che si vedesse alcun turista arguì che si trovava ancora dietro il comò di Brisseau. Tornò quindi accanto al letto, afferrò la pistola, e la ripuntò contro la tempia di Brisseau. Ma neanche stavolta riuscì a premere il grilletto e porre fine all'esistenza dell'infame spia fascista.

Gaston Brisseau apparteneva a una famiglia facoltosa, destrorsa; e fin da piccolo aveva deciso di fare la spia di professione. Da giovane, andò a prendere lezioni di dizione per poter tradire con maggior chiarezza. Una volta aveva confessato a Cloquet: "Dio, come mi piace spifferare i fatti degli altri."

"Ma perché?" domandò Cloquet.

"Boh. Rompergli le uova, spiattellare."

Brisseau ci prova gusto, pensò allora Cloquet, a far la carogna e tradire gli amici. Non si ravvederà mai! Cloquet aveva conosciuto un algerino che amava mollare sberlotti alle persone e poi, sorridendo, negarlo. Il mondo, a quanto pare, si divide in buoni e cattivi. I buoni dormono meglio, pensò Cloquet, ma i cattivi a quanto pare da svegli si divertono di più.

Cloquet e Brisseau si erano conosciuti diversi anni prima, in drammatiche circostanze. Una sera Brisseau si era ubriacato al "Deux Magots" e si era avviato barcollando verso il fiume. Qui giunto, credendo di trovarsi a casa sua, si toglie gli abiti per buttarsi a letto. Si butta invece nella Senna. Quando fa per tirar su il lenzuolo, tira su invece una manciata d'acqua. Allora si mette a gridare. Cloquet che, guarda caso, in quel momento stava rincorrendo il suo tupè sul Pont-Neuf, udì un grido d'aiuto proveniente dall'acqua gelida. La notte era buia e ventosa e Cloquet aveva una frazione di secondo per decidere se rischiare o no la vita per salvare uno sconosciuto. Non volendo pigliare una decisione di tale portata a stomaco vuoto, andò a cenare in una trattoria. Poi, preso da rimorso, si procurò una lenza e andò a ripescare Brisseau dalla Senna. Dapprima tentò con una mosca finta, ma Brisseau era troppo furbo per abboccare. Allora Cloquet l'allettò con l'offerta di lezioni di ballo gratuite e quindi lo trascinò a riva con una rete. Mentre Brisseau veniva misurato e pesato, i due divennero amici.

Ora, ecco, Cloquet si accosta maggiormente alla massa inerte di Brisseau addormentato, e di nuovo fa per premere il grilletto. Ma un senso di nausea l'invade, allorché valuta le conseguenze del suo atto. È una nausea esistenziale, provocata dall'acuta coscienza di quanto è fortuita e assurda la vita; e quindi non può essere alleviata da un banale Alka-Seltzer. Ci vuole un Alka-Seltzer Esistenziale: lo vendono nelle farmacie del Quartiere Latino. È un pillolone, grande come la coppa di una ruota d'auto, che, sciolto in un bicchier d'acqua, ti manda via la stomachevole sensazione provocata da eccessiva consapevolezza della vita. Aiuta anche dopo una mangiata di cibi messicani.

Se decido di uccidere Brisseau, pensò dunque Cloquet, mi definisco come omicida. Diverrò il Cloquet che uccide, anziché quello che sono attualmente: un Cloquet che insegna psicologia dei pennuti alla Sorbona. Scegliendo quest'atto omicida, lo scelgo per l'intera umanità. Ma, e se tutti si comportassero come me e venissero qui a sparare nell'orecchio di Brisseau? Che pasticcio! Senza contare il viavai per le scale, il campanello che squilla di continuo, le auto parcheggiate in tripla fila. Oh, Dio, come vacilla la mente, quando si volge a considerazioni morali o etiche! Meglio non pensare troppo. Affidarsi di più al corpo: del corpo ci si può fidare. Fa atto di presenza alle riunioni, fa bella figura in giacca sportiva, e torna soprattutto molto comodo quando ci si vuol dare una grattatina.

Cloquet provò il bisogno, repentino, di riaffermare la propria esistenza. Si guardò allo specchio, sul comò di Brisseau. (Non riusciva mai a passare vicino a uno specchio senza darci una sbirciatina. Una volta al circolo sportivo si era messo a fissare tanto a lungo la propria immagine riflessa nella piscina, che la direzione fu costretta a prosciugarla.) Inutile. Non riusciva a uccidere un uomo. Lasciò cadere la pistola e scappò via.

Giunto in strada, decise di fare un salto alla "Coupole" e farsi un cognac. Gli piaceva "La Coupole" poiché era sempre illuminata a festa, piena di gente e, di solito, riusciva a trovare un tavolo: tutto diverso dal suo appartamento che era buio e umido; e poi sua madre, che abitava con lui, mai che gli riservasse un posto a tavola. Ma quella sera "La Coupole" era gremita. E questi chi sono? si chiese Cloquet. Tutte queste facce anonime si sfuocano in un concetto astratto: "La Gente". Ma la gente non esiste, pensò, esistono solo gli individui. Cloquet trovò che questa era una bellissima pensata, di quelle che assicurano il successo in un salotto *chic*. A causa di osservazioni del genere, appunto, lui non veniva più invitato da nessuna parte dal 1931.

Decise di andare a casa di Juliette.

"L'hai ucciso?" gli chiese la donna, appena entrato.

"Sì," rispose Cloquet.

"Sei sicuro che è morto?"

"Sembrava proprio morto. Ho fatto l'imitazione di Maurice Chevalier, quella che di solito suscita applausi scroscianti. Stavolta, niente."

"Bene. Non tradirà più il partito, quel porco."

Juliette era marxista, si disse Cloquet, del tipo più interessante: di coscia lunga e abbronzata. Era una delle poche donne che riuscissero a pensare a due cose disparate contemporaneamente. Per esempio, alla dialettica di Hegel e a come mai se ficchi la lingua nell'orecchio di un uomo mentre fa un discorso lui si mette a parlare come Jerry Lewis. Gli stava di fronte, ora, in gonna attillata e camicetta e gli venne voglia di possederla: di possederla come un oggetto qualsiasi, come una radio o quella maschera da maiale di gomma che si era messo durante l'occupazione per molestare i nazisti.

D'un tratto lui e Juliette stanno facendo l'amore... o soltanto del sesso? Lui lo sa che c'è una bella differenza fra sesso e amore, ma trova che siano due cose splendide, all'atto pratico, a meno che uno dei due partecipanti non abbia un pungiglione appeso al collo. Le donne, rifletté, sono una soffice presenza avviluppante. Anche l'esistenza è una soffice presenza avviluppante. Talvolta ti avviluppa totalmente. Allora non riesci proprio a uscirne se non per qualcosa davvero importante, come il compleanno di tua madre o il dover far parte di una giuria. Cloquet spesso pensava che ci corre una gran differenza, fra l'Essere e l'Essere-al-Mondo, e riteneva che, a qualunque dei due gruppi lui appartenesse, nell'altro ci si divertisse decisamente di più.

Dormì sodo dopo aver fatto l'amore, come al solito; ma il mattino seguente, con sua somma sorpresa, fu arrestato per l'assassinio di Gaston Brisseau.

In questura, Cloquet si dichiarò innocente, ma gli dissero che erano state rilevate le sue impronte nella stanza di Brisseau e sull'arma del delitto. Inoltre, irrompendo nella casa di Brisseau, Cloquet aveva commesso l'errore di firmare il libro degli ospiti. La causa era persa. L'istruttoria fu subito chiusa.

Il processo che si tenne di lì a qualche settimana fu una roba da circo equestre, anche se non fu facile far entrare gli elefanti in aula. La giuria riconobbe alfine l'imputato colpevole. Fu condannato alla ghigliottina. La richiesta di grazia fu respinta per un banale errore di forma: si scoprì che quando l'avvocato difensore aveva inoltrato l'istanza portava i baffi di cartone.

Un mese e mezzo dopo, alla vigilia dell'esecuzione, Cloquet sedeva, tutto solo, nella sua cella, tuttora incapace di capacitarsi che le cose erano andate com'erano andate, specialmente per la parte relativa agli elefanti in aula. A quest'ora, domani, sarò morto, pensò. Lui, che aveva sempre pensato alla morte come a una cosa che capitava solo agli altri. "Noto che capita un sacco alle persone obese," disse al suo avvocato. A Cloquet, poi, la morte sembrava un concetto astratto come tanti altri. Gli uomini muoiono, pensava, ma muore Cloquet? Era una domanda imbarazzante, ma alcune righe tracciate a caso su un foglio di carta da una delle guardie carcerarie valsero a rendergli chiara ogni cosa. Non c'era scampo. Tra poco non sarebbe più esistito.

Io non ci sarò più, pensò, mestamente, ma Madame Plotnick, che di faccia assomiglia a un pesce lesso, sarà ancora in circolazione. Cloquet fu preso dal panico. Avrebbe voluto scappare e andarsi a nascondere o, meglio, trasformarsi in qualcosa di solido e durevole: una sedia, per esempio, una sedia robusta. Una sedia, pensò, non ha problemi. È là; nessuno la secca; non deve pagare l'affitto né impegnarsi politicamente. Una sedia non inciampa mai né si mette il paraorecchie storto. Non è obbligata a sorridere né a farsi tagliare i capelli, né ti devi preoccupare, se la porti a una festa, che si metta di punto in bianco a tossire o fare una scenata. Ci si siede e basta su una sedia, e quando chi ci si è seduto muore, ce ne sono altri che ci si siedono. Questa logica fu di conforto a Cloquet, e quando vennero i carcerieri all'alba per radergli il collo, lui fece finta di essere una sedia. Quando gli chiesero cosa gradiva come ultimo pasto, rispose: "Chiedete a un mobile cosa vuole mangiare? Perché non mi imbottite e basta?" Quelli sgranarono gli occhi. Lui allora si ammansì e disse: "Solo un po' di salsa tartara."

Cloquet era ateo da sempre, ma quando arrivò il prete, padre Bernard, gli chiese se era ancora in tempo a convertirsi.

Il sacerdote scosse la testa. "Di questa stagione, le fedi principali temo proprio siano tutte prese. Al massimo," soggiunse, "così all'ultimo momento, posso provare a dare un colpo di telefono e sistemarla in un qualche credo indù. Mi serve una sua foto, formato tessera."

Inutile, pensò Cloquet. Devo affrontare il mio fato da solo. Dio non esiste. La vita è senza scopo. Nulla dura, tutto passa. Perfino le opere del grande Shakespeare scompariranno quando l'universo andrà a fuoco... Non che sia un grosso guaio, se si pensa al *Tito Andronico*, ma come la mettiamo con le altre? Non stupisce che ci sia chi si suicida. Perché no? Perché non porre fine a questo assurdo? Perché portare avanti questa stupida farsa che è la vita? Perché... solo che dentro di te c'è una vocetta che dice: "Vivi!" E sempre, da qualche regione interiore, giunge l'ordine: "Continua a vivere!" Cloquet la riconobbe, quella voce. Era il suo assicuratore. È chiaro, pensò: Fishbein non vuole pagare.

Cloquet anelava alla libertà: uscire di prigione e saltellare giulivo in mezzo a un prato. (Cloquet saltellava sempre quand'era felice. Anzi, con questo sistema se l'era svignata dal servizio militare.) Il pensiero della libertà l'esaltò e, insieme, l'atterrì. Se fossi veramente libero, si disse, potrei mettere in atto tutte le mie potenzialità. Magari diventare ventriloquo, come ho sempre sognato.

O presentarmi al Louvre in bikini, col naso e gli occhiali finti.

Gli girava la testa, all'idea di tante cose fra cui scegliere, e a momenti sveniva, quando un carceriere venne a dirgli che il vero assassino di Brisseau aveva appena confessato. Cloquet era libero. Cloquet cadde in ginocchio e baciò il pavimento della cella. Si mise a cantare la Marsigliese. A piangere! A ballare! In capo a tre giorni era di nuovo dentro, perché si era presentato al Louvre in bikini, col naso e gli occhiali finti.

# UN AVVERSO DESTINO

*(Appunti per un romanzo di 800 pagine:*
*il grande libro che tutti attendono)*

Antefatto. Scozia, 1823.

Un uomo è stato arrestato per aver rubato una crosta di pane. "La mollica non mi piace," spiega. Viene quindi identificato come il ladro che di recente ha terrorizzato varie rosticcerie rubando solo l'ultima fetta (o "culo") del rosbif. Il colpevole, Solomon Entwhistle, è trascinato in tribunale e un giudice molto severo lo condanna a cinque-dieci anni (salvo complicazioni) di lavori forzati. Entwhistle viene rinchiuso in una segreta di cui, con un'azione di penologia illuminata, viene gettata via la chiave. Abbacchiato ma testardo, Entwhistle incomincia un'ardua opera di scavo col cucchiaio, per evadere dal carcere. Lavorando indefesso, si scava una galleria sotto le mura della fortezza, poi prosegue, cucchiaiata a cucchiaiata, da Glasgow verso sud. Fa una pausa ed emerge a Liverpool, ma decide di preferire il tunnel. Giunto a Londra, s'imbarca clandestino su un veliero che salpa per il Nuovo Mondo, sognando di rifarsi una vita, questa volta migliore.

Giunto a Boston, Entwhistle incontra Margaret Figg, una graziosa maestrina del New England, il cui passatempo è impastare il pane e poi metterselo in testa. Ammaliato, Entwhistle la sposa. I due mettono su una botteguccia, dove si barattano pelli e grasso di balena contro soprammobili e chincaglierie, in un ciclo sempre più crescente d'insensata attività. Il negozio è un successone e, nel 1850, Entwhistle è ricco, istruito, rispettato, e tradisce sua moglie con una femmina di opossum. Margaret Figg gli dà due figli: uno normale, l'altro sottosviluppato; ma è difficile vedere la differenza, a meno che non gli si metta in mano uno yoyò. Quella che era all'inizio una botteguccia da barattiere, diventa un gigantesco emporio e quando muore, a ottantacinque anni, per essersi beccato il vaiolo e un tomahawk in testa, Entwhistle muore felice.

(Nota: ricordarsi di rendere Entwhistle simpatico.)


Ambiente e osservazioni, 1976.

Chi si trovi a percorrere Alton Avenue, verso est, incontra il Magazzino dei Fratelli Costello, l'Officina Adelman, le Pompe Funebri Chones e, poi, la Sala da Biliardi Higby. Il proprietario, John Higby, è un uomo tarchiato, dai capelli a cespuglio, che all'età di nove anni cadde da una scala e ha bisogno di due giorni di preavviso per smettere di sorridere. Svoltando verso nord, dopo la Higby, e procedendo verso i quartieri alti (veramente, oggi sono quelli bassi, poiché i veri quartieri alti si trovano dalla parte opposta) si arriva a un piccolo giardino pubblico. Qui i cittadini passeggiano e chiacchierano, e benché il luogo non sia teatro abituale di rapine o stupri, capita spesso di venire avvicinati da questuanti o da uomini che si dicono amici di Giulio Cesare. Ora la fresca brezza autunnale (nota qui come "santana", poiché arriva tutti gli anni puntuale e dà una bella spazzolata alla maggior parte della popolazione anziana) fa cadere le ultime foglie dell'estate e le ammassa in morti mucchi. Si è colpiti da un senso, quasi esistenziale, di inutilità e noia, specie da quando hanno chiuso gli istituti massoterapici. C'è un preciso senso di metafisica "alterità", che non si spiega se non dicendo che qui di solito è tutto diverso da quello che succede a Pittsburgh. La città è in certo qual senso una metafora, ma di che? Non solo una metafora, ma anche una similitudine. È il "dove si è". È il "qui". È l'"adesso". È anche il "dopo". È ogni città d'America e non è nessuna città. Ciò crea una gran confusione tra i postini. Qui si trovano i grandi magazzini Entwhistle.

Blanche (Ispirarsi alla cugina Tina).

Blanche Mandelstam, dolce ma bovina, con dita nervose, paffutelle e occhiali dalle lenti spesse ("Volevo fare la campionessa olimpica di nuoto," confidò al suo dottore, "ma avevo problemi di galleggiamento"), si sveglia al suono della radio-sveglia.

Anni fa, Blanche sarebbe stata considerata carina, ma in epoca non posteriore al Pleistocene. Per suo marito Leon, però, lei è "la più bella creatura del mondo, dopo Ernest Borgnine". Blanche e Leon si sono conosciuti tanto tempo fa, a un ballo studentesco. (Lei è un'eccellente ballerina, sebbene durante il tango consulti costantemente un prontuario illustrato.) Parlarono liberamente e scoprirono di avere molte cose in comune. Per esempio, a entrambi piaceva un po' di pancetta prima di coricarsi. Blanche fu molto impressionata da come vestiva Leon, poiché non aveva mai visto nessuno con in testa tre cappelli alla volta. Si sposarono e non passò molto che ebbero la loro prima e unica esperienza sessuale. "Fu una cosa assolutamente sublime," ricorda oggi Blanche, "sebbene il mio Leon abbia tentato di svenarsi."

Blanche appena sposata disse chiaro che, quantunque suo marito guadagnasse benino come cavia umana, lei non intendeva mollare il suo impiego al reparto calzature della Entwhistle. Troppo orgoglioso per farsi mantenere, Leon accettò a malincuore, ma si fece giurare che, a novant'anni, sarebbe andata in pensione. La mattina presto i coniugi fanno colazione insieme. Per lui, spremuta, tostino e caffè. Per lei, il solito: un bicchiere d'acqua calda, un'ala di pollo, costolette di maiale all'agrodolce e cannelloni. Poi lei si reca all'Entwhistle.

(Nota: Blanche dovrebbe cantare mentre sfaccenda, come la cugina Tina, ma non soltanto l'inno nazionale giapponese.)

Carmen (Ritratto di uno psicopatico, basato su certi tratti osservati in Fred Simdong, in suo fratello Lee e nel loro gatto Sparky).

Carmen Pinchuck, tozzo e pelato, uscì da sotto la doccia e si tolse la cuffia da bagno. Benché privo totalmente di capelli, odiava bagnarsi il cranio. "Perché dovrei?" diceva agli amici. "Poi i miei nemici avrebbero un vantaggio su di me." Secondo alcuni tale atteggiamento poteva considerarsi strano, ma lui sbottava a ridere; poi, dardeggiando occhiate tutt'intorno per accertarsi di non essere visto, sbaciucchiava alcuni cuscini. Pinchuck è un uomo nervoso che va a pesca, nel tempo libero, ma non ha preso niente dal 1923 a oggi. "Non è scritto nel mio destino, mi sa," dice ridacchiando. Ma quando un amico gli fece notare che gettava la lenza in una bottiglia di panna, si sentì a disagio.

Pinchuck ha fatto molte cose. È stato espulso dal liceo perché muggiva in classe; e da allora fa il pastore, lo psicoterapeuta e il mimo. Attualmente è impiegato alla Protezione Animali Selvatici e Pesci, dove lo pagano per insegnare lo spagnolo agli scoiattoli. Pinchuck viene descritto da quanti lo amano come "un punk, un solitario, uno psicopatico e uno zoticone". "Gli piace starsene chiuso in camera sua a parlare con la radio," racconta un vicino. "Sa essere molto leale," osserva un altro. "Una volta che Mrs. Monroe scivolò sul ghiaccio, anche lui volle fare uno scivolone, per simpatia." Politicamente Pinchuck è, per sua stessa ammissione, un indipendente e, alle ultime elezioni presidenziali, sulla scheda scrisse il nome di Cesar Romero.

Ora, calcandosi in testa un berretto da tassinaro e prendendo su una scatola avvolta in carta da pacchi, Pinchuck esce di casa e scende in strada. Qui si accorge di essere completamente nudo, a parte il berretto da tassista: torna indietro per vestirsi. Poi si reca alla Entwhistle.

(Nota: Ricordarsi di entrare in maggiori dettagli sull'ostilità di Pinchuck nei riguardi del berretto.)

L'incontro (Abbozzo).

Le porte dell'emporio si aprirono alle dieci spaccate. Benché il lunedì fosse generalmente una giornata fiacca, il tonno radioattivo in offerta speciale andò a ruba. Un'aria di imminente apocalisse sovrastava a mo' di incerata bagnata il reparto calzature allorché Carmen Pinchuck consegnò la sua scatola a Blanche Mandelstam e disse: "Vorrei restituire queste scarpe da riposo. Mi vanno strette."

"Ha lo scontrino?" gli domandò Blanche, cercando di mantenersi calma, sebbene poi confesserà che all'improvviso si sentì crollare il mondo addosso. ("Non riesco più a essere normale con nessuno, dopo l'incidente," confida agli amici. Sei mesi fa, giocando a tennis, ha inghiottito una palla. Da allora ha il respiro irregolare.)

"Ehm, no," rispose Pinchuck, nervosamente. "L'ho perso." (Il problema centrale della sua vita era che era disordinatissimo. Perdeva le cose. Una mattina quando si svegliò il letto non c'era più.) Ora, poiché gli altri clienti spazientiti sbuffavano, lui cominciò a sudare freddo.

"Ci vuole allora il benestare del caporeparto," disse Blanche, indicandogli Mr Dubinsky, con il quale se la faceva da Ognissanti. (Lou Dubinsky, diplomato presso la miglior scuola di dattilografia d'Europa, era stato un genio finché l'alcool non aveva ridotto la

23

sua velocità a una parola al giorno, e lui fu costretto a cambiare mestiere.)

"Le ha già portate?" domandò Blanche, stentando a trattenere le lacrime. Il pensiero di Pinchuck con quelle scarpe addosso le era insopportabile. "Mio padre portava scarpe da riposo," gli confidò. "Tutt'e due allo stesso piede."

Pinchuck adesso era scosso da un tremito. "No," disse. "Ehm... cioè, sì. Le ho messe per poco, ma solo mentre facevo il bagno."

"Perché le ha comprate se le andavano strette?" domandò Blanche, senza rendersi conto di star toccando il tasto di un quintessenziale paradosso umano.

Fatto sta che Pinchuck si era accorto subito che in quelle scarpe ci stava scomodo, senonché lui non era capace di dire di no a un venditore. "Voglio esser *benvoluto*," confessò a Blanche. "Una volta ho comprato un camoscio vivo, per non dire di no."

(Nota: O.F. Krumgold ha scritto un brillante saggio antropologico su certe tribù del Borneo che non hanno la negativa "no" nella loro lingua; e quindi, per rifiutare un'offerta, scuotono il capo e dicono: "Ne riparleremo." Ciò corrobora la nota teoria krumgoldiana, per cui il bisogno di essere benvoluti a ogni costo è geneticamente innato e non socialmente acquisito, al pari della capacità di assistere, dal principio alla fine, a un'operetta.)

Alle undici e dieci, il caporeparto Dubinsky concesse il nulla osta al cambio e Pinchuck ricevette un paio di scarpe più larghe. In seguito, confesserà che l'episodio gli provocò una grave depressione e capogiri, tanto più che ricevette il giorno stesso la notizia che il suo pappagallo si era sposato.

Poco dopo, Pinchuck si licenziò e andò a fare il cameriere cinese al ristorante cantonese "Sung Ching". Blanche Mandelstam, in preda a un forte esaurimento nervoso, tentò di scappare di casa con una foto, autografata, di Dizzy Dean. (Ripensamento: forse è meglio fare di Dubinsky un burattino, o una marionetta.) Verso la fine di gennaio la Entwhistle chiuse i battenti e il proprietario, Julie Entwhistle, si trasferì con tutta la famiglia, che amava tenerissimamente, allo zoo del Bronx.

(Lasciare intatta questa frase finale. Mi sembra veramente fortissima.)

# LA MINACCIA DEGLI UFO

Gli UFO sono tornati alla ribalta della cronaca, ed è ora di prendere in seria considerazione il fenomeno. (Per l'esattezza sono le otto e dieci, quindi non solo siamo in ritardo, ma ho fame.) Finora, l'argomento dei dischi volanti è stato perlopiù monopolio di mitomani e squilibrati. Spesso, infatti, gli avvistatori si dichiaravano appartenenti all'uno o all'altro gruppo, o a entrambi. Tuttavia, persistenti avvistamenti da parte di individui normalissimi hanno indotto l'Aeronautica e la Scienza a rivedere il loro atteggiamento, un tempo improntato a scetticismo; e la somma di dollari duecento è ora stata stanziata per uno studio onnicomprensivo del fenomeno. La domanda da porsi è la seguente: "C'è qualcuno, lassù? E, in tal caso, hanno il raggio della morte?"

Non tutti gli UFO possono risultare extraterrestri, ma gli esperti concordano nel ritenere che qualsiasi rilucente apparecchio sigariforme capace di sollevarsi verticalmente alla velocità di ventitremila chilometri al secondo richiederebbe una manutenzione particolare e candele d'un certo tipo, disponibili solo su Plutone. Se tali oggetti effettivamente provengono da un altro pianeta, la civiltà che li ha progettati e prodotti dev'essere più avanzata di milioni di anni della nostra. O sono più avanti, o più fortunati. Il professor Leon Speciman ipotizza una civiltà extraterrestre più avanzata della nostra di circa quindici minuti. Ciò, secondo lui, dà loro un grosso vantaggio su noi, poiché non hanno bisogno di scapicollarsi per arrivare puntuali agli appuntamenti.

Il dottor Brackish Menzies, che lavora presso l'Osservatorio di Mount Wilson, oppure è in osservazione presso l'Ospedale psichiatrico di Mount Wilson (la lettera non è chiara) sostiene che, viaggiando a una velocità prossima a quella della luce, i viaggiatori impiegherebbero molti milioni di anni, per arrivare qui da noi e, a giudicare dai programmi teatrali di Broadway, non varrebbe la pena del viaggio. (Viaggiare più veloci della luce è impossibile, e certo anche non auspicabile, poiché il cappello non farebbe che volarti via.)

D'interessante c'è che, secondo gli astronomi moderni, lo spazio è finito. È un pensiero confortante, specie per chi non ricorda mai dove ha lasciato gli occhiali. La cosa più importante, riguardo all'universo, è che esso si espande sempre più e, un giorno o l'altro, si sfascerà e scomparirà. Ecco perché se la ragazza dell'ufficio di fianco ha qualche numero ma non tutte le qualità che tu vorresti, be', conviene che t'adatti.

La domanda che più spesso ci si pone riguardo agli UFO è: "Se quei dischi vengono dallo spazio siderale, perché i loro piloti non tentano di mettersi in contatto con noi, anziché librarsi misteriosi sopra lande desolate?" La mia teoria è che per gli abitanti di un altro sistema solare "librarsi" possa essere un modo di comunicare socialmente accettabile. Anzi, potrebbe essere piacevole. Io stesso mi sono librato sopra un'attricetta diciottenne per sei mesi, una volta, ed è stato il periodo più bello della mia vita. Va anche tenuto presente che quando parliamo di "vita" su altri pianeti ci riferiamo solitamente agli amminoacidi, che non sono mai molto socievoli, neppure alle feste.

Perlopiù si tende a ritenere che quello degli UFO sia un problema moderno. Non potrebbe invece essere un fenomeno con cui l'uomo è alle prese da secoli? (A noi un secolo sembra lunghissimo, specie se devi dei soldi a qualcuno, ma in sede astronomica dura un secondo. Per questo è consigliabile portarsi sempre appresso uno spazzolino da denti ed essere pronti a partire così, su due piedi.) Gli studiosi ora ci dicono che oggetti volanti non identificati si avvistavano anche ai tempi biblici. Per esempio, nel Levitico si legge: "E una gran palla d'argento comparve sopra l'esercito assiro, e in tutta la Babilonia fu pianto e stridore di denti, finché i Profeti ordinarono alle turbe di abbozzarla e di darsi un contegno."

Può darsi che questo fenomeno sia in relazione con quello descritto, anni dopo, da Parmenide: "Tre oggetti arancione comparvero a un tratto nei cieli e volteggiarono sopra l'Acropoli, librandosi poi sulle terme dove alcuni fra i nostri più saggi filosofi ateniesi furono colti da malore." E può darsi altresì che quegli "oggetti arancione" fossero qualcosa di simile a ciò di cui si parla in un manoscritto sassone del XII secolo, di recente scoperto: "Una lauca ei laucoe; et guari cum grande et fulgente luchore una grossa palla rubra super amnia vorticoe. Vi ringrazio, signori e signore."

Questa chronica fu ritenuta, dal clero medievale, annunziante la fine del mondo. Figurarsi la delusione generale quando invece arrivò lunedì e si dovette tornare al lavoro.

Infine, ed è una prova assai più convincente, nel 1822 il grande Goethe annota sul suo diario uno strano fenomeno celeste. "Di ritorno dalla Festa dell'Ansia di Lipsia, stavo attraversando un campo quando a caso levai lo sguardo e vidi varie palle di fuoco apparire d'un tratto nel cielo, a meridione. Esse scesero a gran velocità e dieronsi a inseguirmi. Io gridai ch'ero un genio e, quindi, non potevo mica correre tanto veloce, ma vane furono le mie parole. Montai in collera e presi a inveire fieramente. Alle mie imprecazioni, atterrite, volarono via. Riferii questo episodio a Beethoven, senza rendermi conto che era già sordo, e lui mi sorrise, annuì e disse: 'Giusto.'"

In linea di massima, un'accurata indagine sul posto appura perlopiù che gli oggetti volanti "non identificati" sono invece ordinari fenomeni, quali meteoriti, satelliti, palloni sonda e, una volta, perfino un certo Lewis Mandelbaum, saltato in aria coi suoi fuochi d'artificio clandestini. Un tipico episodio "esplicabile" è quello riferito da Sir Chester Ramsbottom il 5 giugno 1961, nello Shropshire: "Ero in macchina verso le ore 2 del mattino, quando vidi un oggetto a forma di sigaro che sembrava tallonarmi. Dovunque svoltassi, mi veniva sempre dietro, compiendo sterzate secche. Era d'un rosso acceso, e per quanto accelerassi e zigzagassi non riuscivo a seminarlo. Mi misi in allarme e cominciai a sudare. Cacciai un urlo di terrore e, a quanto pare, perdetti i sensi. Mi svegliai all'ospedale, miracolosamente illeso." Dopo aver indagato, gli esperti appurarono che l'"oggetto a forma di sigaro" era il naso di Sir Chester. È ovvio che non riuscisse a seminarlo, poiché gli era attaccato alla faccia.

Un altro esplicabile episodio prese l'avvio nell'aprile del 1972 da un rapporto del maggiore Curtis Memling, della base aerea Andrews: "Stavo attraversando un campo, quando d'un tratto vidi un grosso disco d'argento in cielo. Volò sopra di me, a non più di venti metri di quota, compiendo manovre aerodinamicamente impossibili a un velivolo normale. Poi d'un tratto accelerò e scomparve a tremenda velocità."

Gli investigatori si insospettirono notando che, nel riferire questo incidente, il maggiore Memling non poteva fare a meno di ridacchiare. In seguito confessò che aveva appena visto il film

*Guerra dei mondi* e ne era rimasto fortemente impressionato. Ironia della sorte, il maggiore Memling denunciò l'avvistamento di un altro UFO nel 1976, ma ben presto si scoprì che anche lui ce l'aveva col naso di Sir Chester Ramsbottom, cosa che provocò costernazione nell'aeronautica e mandò il maggiore Memling davanti alla corte marziale.

Se molti avvistamenti di UFO possono spiegarsi, che dire dei pochi veramente inesplicabili? Seguono alcuni fra i più mistificanti esempi di incontri "irrisolti". Il primo fu denunciato da un tale di Boston nel maggio 1969: "Passeggiavo lungo la spiaggia con mia moglie. Non è una donna molto attraente. Piuttosto grassa. Infatti, me la stavo tirando dietro su un carrello, quella sera. D'un tratto alzai gli occhi e vidi un enorme disco bianco che sembrava discendere a gran velocità. Persi la testa. Mollai la corda con cui stavo tirando il carrello e me la diedi a gambe. Il disco mi passò proprio sopra e udii una voce metallica, strana, gridare: 'Chiama la segretaria!' Appena a casa, chiamai infatti la segreteria telefonica e c'era un messaggio da parte di mio fratello Ralph: si trasferiva su Nettuno, gli inoltrassi là tutta la posta. Non l'ho più rivisto. Mia moglie ebbe un grave collasso nervoso, in seguito a quell'episodio, e oggi non riesce a conversare se non usa un fantoccio come intermediario."

Da I.M. Axelbank, di Athens, Georgia, febbraio 1971: "Sono un esperto pilota e stavo volando, col mio Cessna privato, dal New Mexico a Amarillo, Texas, per bombardare certa gente con le cui idee religiose non vado pienamente d'accordo, quando notai un oggetto che volava di conserva con me. Lì per lì pensai che si trattasse di un altro aeroplano, senonché emise un raggio di luce verde, facendo precipitare il mio aereo per tremila metri in quattro secondi e facendo volar via il mio tupè che squarciò il soffitto della carlinga. Ripetutamente invocai aiuto via radio ma, per tutta risposta, ricevetti una vecchia canzone richiesta da un ascoltatore di

Manila. L'UFO si avvicinò di nuovo al mio apparecchio, poi si dileguò ad accecante velocità. A questo punto avevo perso l'orientamento e fui costretto a compiere un atterraggio di fortuna sull'autostrada. Proseguii il viaggio a terra e andò tutto liscio finché non varcai il casello d'uscita e mi si schiantarono le ali."

Uno dei resoconti più strani pervenne nell'agosto del 1975 da un tale di Montauk Point, a Long Island: "Ero a letto, nella mia casetta al mare, ma non riuscivo a dormire per via di un mezzo pollo arrosto ch'era in frigo e che sentivo mio. Attesi che mia moglie cominciasse a russare, poi andai in punta di piedi in cucina. Guardai l'orologio. Erano esattamente le quattro e un quarto. Lo ricordo con certezza, poiché quell'orologio era fermo e, da vent'anni, segnava quell'ora lì. Notai anche che il nostro cane, Judas, si comportava stranamente. Ritto sulle zampe di dietro canticchiava: 'Che bello essere donna.' D'un tratto la stanza si fece arancione. Lì per lì pensai che mia moglie, avendomi sorpreso a mangiare fuori pasto, avesse dato fuoco alla casa. Poi guardai fuori dalla finestra, e con mio sommo stupore, vidi una gigantesca astronave a forma di sigaro librarsi proprio sopra le cime degli alberi, emettendo un bagliore arancione. Rimasi impietrito per non so quanto tempo. Diverse ore, credo. Difficile a dirsi, perché l'orologio era fermo. Alla fine un enorme artiglio meccanico si protese dal veicolo spaziale e arraffò i due quarti di pollo, ala e coscia, che avevo in mano, quindi si ritrasse veloce. Dopodiché l'astronave si levò in volo, accelerò e disparve a gran velocità all'orizzonte. Quando denunciai l'incidente all'aeronautica, mi dissero che quel che avevo visto era uno stormo d'uccelli. In seguito a una mia vibrata protesta, il colonnello Quincy Bascomb personalmente mi assicurò che l'aeronautica mi avrebbe restituito i due quarti di pollo. A tutt'oggi, ho ricevuto soltanto una coscia."

Infine, un resoconto datato gennaio 1977, di due braccianti della Louisiana: "Roy e io si era a pesca in palude. La palude a noi ci piace, a Roy e a me. Non si era bevuto neanche un goccio, quantunque si avesse con noi un boccione di cloruro metilico, che entrambi ci aggrada sia con una strizzatina di limone sia con una cipollina. Agnimodo, verso la mezzanotte si guardò su e si vide una sfera gialla-gialla discendere sulla palude. Lì per lì Roy la scambiò per una gru e gli sparò una schioppettata. Allora io gli dissi: 'Roy, che fai, non è mica una gru, perché è senza becco.' È così che si conoscono le gru. Il figlio di Roy, Gus, ha il becco, e si crede una gru. Agnimodo, un sportello si apre tutt'a un tratto e escano fuori diverse creature. Queste strane creature somigliavano a delle radioline coi denti e i capelli corti. Avevano anche le gambe, ma rotelle al posto dei piedi. Le creature mi fecero segno di farmi un po' avanti, e obbedii. Quelli allora m'ignettarono un liquido che mi mise la voglia di ridere e dar fuori da matto. Poi si misero a parlare fitto fitto fra di loro, in una strana lingua che sembrava come quando si tira sotto un ciccione facendo marcia indietro. Mi portarono a bordo della loro astronave e mi fecero una cosa che sembrava una visita medica completa. Io ci stetti, poiché erano due anni che non mi facevo un *checkup*. A questo punto quelli hanno bell'e imparata la mia lingua, con tutto che commettono ancora qualche piccolo errore, tipo usare 'ermeneutico' nel senso di 'euristico'. Alla fine mi dicono che vengono da un'altra galassia e volevano avvertire la terra che vivessimo in pace tutti quanti o sennò loro tornano quaggiù e, con armi speciali, fanno a pettine tutti i primogeniti maschi. Poi mi dicono che avranno il risultato dell'esame del sangue fra un paio di giorni e, se non mi avessero fatto sapere gnente, sposassi tranquillo Clarissa."

# AUTOAPOLOGIA

Fra tutti i grandi uomini famosi, quello che avrei voluto essere io è Socrate. Non solo perché era un grande pensatore, dato che di pensate discretamente profonde ne ho fatte anch'io — lo sanno tutti — anche se le mie vertono invariabilmente su una hostess svedese. No: quel che invidio al più saggio fra i greci è il coraggio di fronte alla morte. Lui con grande fermezza si mantenne fedele ai suoi principi e preferì morire al rinnegarli. Io, per me, non sono altrettanto impavido, e basta un rumore improvviso, come lo scappamento d'una macchina, per gettarmi fra le braccia della persona con cui sto parlando. Alla fine, la stoica morte di Socrate donò alla sua vita un autentico significato; cosa che manca del tutto alla mia, anche se un'importanza, sia pur minima, riveste per l'ufficio delle imposte dirette. Devo confessare che ho cercato di mettermi, diverse volte, nei sandali di Socrate; ma ogni volta il sonno mi vince, e, allora, faccio il sogno seguente.

*(La scena rappresenta la mia cella carceraria. Di solito medito solitario intorno a qualche grosso problema filosofico o estetico, tipo:*

*può un oggetto esser detto opera d'arte se serve solo a pulire il lavandino? Al momento ho in visita* AGATONE *e* SIMMIA.)

AGATONE:    Salve, mio buon amico e vecchio saggio. Come te la passi, in prigionia?

ALLEN:    Cosa dire si può, oh Agatone, della prigionia? Solo il corpo può essere recluso. La mia mente vaga libera, non circoscritta da queste quattro mura, e perciò ti domando in verità: esiste forse il carcere?

AGATONE:    Ma, e se ti andasse di fare una passeggiata?

ALLEN:    Domanda pertinente. Non potrei.

*(Tutti e tre sediamo in pose classiche, come in un bassorilievo. Alfine* AGATONE *parla.)*

AGATONE:    Cattive notizie, ho paura. Sei stato condannato a morte.

ALLEN:    Ah, mi rattrista l'aver provocato un acceso dibattito al Senato.

AGATONE:    Nessun dibattito. Unanimità.

ALLEN:    Sul serio?

AGATONE:    Al primo ballottaggio.

ALLEN:    Ehmmm. Contavo su un po' più di supporto.

SIMMIA:    Il Senato è su tutte le furie per quelle tue tesi sullo Stato utopistico.

ALLEN:    Mi sa che non avrei dovuto suggerire un Re-filosofo.

SIMMIA:    Specie quando continuavi a indicare te stesso e schiarirti la gola.

ALLEN:    Eppure non considero malvagi i miei carnefici.

AGATONE:    E neppur io.

ALLEN:    Imperocché... hm... be'... cos'altro è il male se non un eccesso di bene?

34

AGATONE:    In che senso?

ALLEN:    Mettila in questi termini. Se uno canta una bella canzone è una gioia. Se seguita a cantarla e ricantarla, ti fa venire il malditesta.

AGATONE:    Vero.

ALLEN:    E se poi non la smette proprio più, ti vien voglia di ficcargli dei calzini giù per la gola.

AGATONE:    Molto vero.

ALLEN:    Quando sarà eseguita la sentenza?

AGATONE:    Che ore sono?

ALLEN:    Oggi stesso?!

AGATONE:    Gli serve questa cella.

ALLEN:    E sia. Mi tolgano pure la vita. Si tramandi che io preferii morire piuttosto che rinnegare i miei principi sulla verità e sulla libera indagine. Non piangere, Agatone.

AGATONE:    Non sto piangendo. È solo un'allergia.

ALLEN:    Per l'uomo razionale, la morte non è una fine, ma un inizio.

SIMMIA:    Come mai?

ALLEN:    Ecco... fammici pensare.

SIMMIA:    Fa' pure.

ALLEN:    È vero, o no, che l'uomo non esiste prima della nascita?

SIMMIA:    Molto vero.

ALLEN:    Né esiste dopo la morte.

SIMMIA:    Sì. D'accordo.

ALLEN:    Ehmmm...

SIMMIA:    E allora?

ALLEN:    Dunque... aspetta un attimo. Ho un po' di confusione in testa. Qui non passano altro che abbacchio, a pranzo e cena, ed è sempre mal cotto.

SIMMIA:    Molti considerano la morte come la fine di tutto. Quindi ne hanno timore.

ALLEN:    La morte è uno stato di non-essere. Ciò che non è, non esiste. Quindi la morte non esiste. Esiste solo la verità. La verità e la bellezza. Che sono intercambiabili, mi pare, ma ciascuna è un aspetto di se stessa. Ehm, cos'è di preciso che avrebbero in mente per me?

AGATONE:    La cicuta.

ALLEN (*perplesso*):    La cicuta?

AGATONE:    Ti ricordi quel liquido nero che corrose il tuo tavolo di marmo?

ALLEN:    Sul serio?

AGATONE:    Una coppa soltanto. Ma hanno un calice di riserva, nel caso si versasse.

ALLEN:    Mi domando se sia dolorosa.

AGATONE:    Ti pregano di non fare scenate. Disturberesti gli altri carcerati.

ALLEN:    Ehmmm...

AGATONE:    Gli ho detto che morirai stoicamente piuttosto che rinnegare i tuoi principi.

ALLEN:    Giusto, giusto. Ehm... nessuno ha proposto di commutarla in esilio?

AGATONE:    Hanno smesso di esiliare l'anno scorso. Troppi intoppi burocratici.

ALLEN:    Giusto... sì, sì... (*È turbato e sconvolto ma cerca di mostrarsi padrone di sé.*) Ehm... io... dunque... allora... E cos'altro c'è di nuovo?

AGATONE:    Ho incontrato Isosole per strada. Gli è venuta un'idea per un nuovo triangolo.

ALLEN:    Bene... bene... (*D'un tratto smette di fingersi coraggioso.*) Sentite, sarò franco con voi. Non voglio morire. Sono troppo giovane!

AGATONE:    Ma è la tua grande occasione di morire per la verità!

ALLEN:    Non fraintendermi. Sono per la verità, assolutamente.

D'altro canto, ho già preso un impegno e sono a pranzo a Sparta, la settimana prossima. Sai, non vorrei mancare. Tocca a me, offrire, stavolta. Gli spartani, li conosci, per un niente fanno guerra.

SIMMIA: Sarebbe un codardo, il più saggio dei nostri filosofi?

ALLEN: Io non sono un codardo. E non sono neanche un eroe. Sono una via di mezzo.

SIMMIA: Un vile verme?

ALLEN: Più o meno, è quel che intendo per via di mezzo.

AGATONE: Ma sei tu che hai dimostrato che la morte non esiste.

ALLEN: Ehi, senti. Io ho dimostrato un sacco di cose. È così che sbarco il lunario. Una teoria qua, una là. Qualche osservazioncella, qualche massima. E ogni tanto un aforisma spiritoso. È meno faticoso che andare a zappare la terra, ma non esageriamo.

AGATONE: Più volte hai dimostrato che l'anima è immortale.

ALLEN: E lo è, senza meno. Sulla carta. Ecco, la filosofia ha questo... che non è sempre applicabile alla pratica e, fuori dalle aule scolastiche, raramente funziona.

SIMMIA: Ma, e le "forme" esterne? Tu hai detto che ogni cosa sempre esistette e sempre esisterà.

ALLEN: Alludevo soprattutto agli oggetti pesanti. Statue, macigni, o che. Con la gente è diverso.

AGATONE: Ma però hai anche detto che la morte è come il sonno.

ALLEN: Esatto, ma con questa differenza: se sei morto e qualcuno grida "Tutti in piedi, è giorno fatto!" ti riesce difficile trovare le pantofole.

(*Entra il* BOIA *con una tazza di cicuta. Di faccia somiglia molto al comico irlandese Spike Milligan.*)

BOIA:  Ah... eccoci qua. Per chi è il veleno?

AGATONE (*indicando me*):   Per lui.

ALLEN:  Mamma, che tazzona. Deve proprio fumare a quel modo?

BOIA:  Sì. E scolala bene perché, tante volte, il veleno si deposita sul fondo.

ALLEN (*Di solito, qui, il mio comportamento è assai diverso da quello di Socrate e mi dicono che, in sogno, urlo e strillo*):   No! Non voglio!... No, non bevo!... Non voglio morire! Aiuto! No... vi prego!

(*Il* BOIA *insiste nel porgermi la coppa di cicuta nonostante i miei disgustosi dinieghi. Tutto sembra perduto. Poi, in grazia del mio istinto di conservazione, il sogno prende qui un'altra piega e arriva un* MESSAGGERO.)

MESSAGGERO:   Fermi tutti! Il Senato ha tenuto una seconda votazione. L'accusa è ritirata. Il tuo pensiero è rivalutato e ti si renderanno onori, invece.

ALLEN:  Finalmente! Hanno capito tutto, finalmente! Le loro menti si sono snebbiate. Sono libero! Libero! E mi saranno resi onori, perdipiù. Presto, Agatone e Simmia, i miei bagagli. Ho un sacco di cose da fare. Fra l'altro, Prassitele vorrà mettersi subito al lavoro, per scolpire il mio busto. Ma prima di lasciare questa cella, vi racconto una piccola parabola.

SIMMIA:  Per Zeus, che colpo di scena. Mi domando se lo sanno, quel che fanno.

ALLEN:  Degli uomini vivono in una buia caverna. Ignorano che fuori splende il sole. L'unica luce che essi conoscono è quella fornita dalla vacillante fiammella di alcune candele che tengono accese per non inciampare.

AGATONE:   Dove se le sono procurate, le candele?

ALLEN:   Be', diciamo che ce l'hanno.

AGATONE:   Vivono in una caverna e hanno le candele? Non risulta verosimile.

ALLEN:   Puoi passarla per buona per un momento?

AGATONE:   E va bene, ma vieni al dunque.

ALLEN:   Poi un giorno, uno dei cavernicoli esce dalla grotta, e vede il mondo esterno circostante.

SIMMIA:   In tutta la sua chiarità.

ALLEN:   Esatto. In tutta la sua chiarità.

AGATONE:   E quando lo racconta agli altri, non gli credono.

ALLEN:   Ecco, no. Non gli dice niente, agli altri.

AGATONE:   Non gli dice niente?

ALLEN:   No. Mette su una rivendita di carne, sposa una ballerina, e muore di emorragia cerebrale a quarantadue anni.

(*Mi agguantano e mi fanno inghiottire per forza la cicuta. Qui di solito mi sveglio, in un bagno di sudore, e solo due uova al tegame e del salmone affumicato riescono a calmarmi.*)

39

# IL CASO KUGELMASS

Kugelmass, professore di umanistica al City College di New York, era infelicemente sposato per la seconda volta. Daphne Kugelmass era una palla al piede. In compenso aveva due zucche di figli dalla prima moglie Flo, ed era negli alimenti fino al collo.

"E chi se l'immaginava che sarebbe andata così?" mugolò un giorno Kugelmass al suo analista. "Daphne prometteva bene. Chi l'avrebbe mai detto che si sarebbe mollata e gonfiata come un pallone gonfiato? E poi aveva qualche soldo, il che di per sé non è un buon motivo per sposare qualcuno, ma non guasta per come sono programmato io. Mi spiego?"

Kugelmass era calvo e peloso come un orso, ma aveva un'anima.

"Mi ci vuole una donna," continuò. "Mi ci vuole un'avventura. Forse non ci sembro tagliato, ma ho bisogno di una cosa romantica, di tenerezza, di sentirmi bestialmente invaghito. Non è che sto ringiovanendo, quindi prima che sia troppo tardi voglio fare l'amore a Venezia, fare il mondanone al '21', scambiare trepide occhiate a lume di candela sorseggiando vino rosso. Mi segue?"

Il dottor Mandel si agitò sulla sedia e disse: "Una storia non risolve niente. Lei è proprio fuori dal mondo, sa. I suoi problemi son ben altri."

"E poi dovrebbe restare segreta," continuò Kugelmass. "Non mi posso permettere un altro divorzio. Daphne mi mollerebbe una scarica di cazzotti."

"Senta, Mister Kugelmass..."

"Ma non nel giro del City College, perché ci lavora anche Daphne. Non che in facoltà ci sia molto da sguazzare, per quanto certe studentesse..."

"Mister Kugelmass..."

"Mi aiuti. Stanotte ho fatto un sogno. Sgambettavo in un prato con in mano un cestino da picnic e sul cestino c'era scritto 'Opzioni'. Poi mi accorgo che c'è un buco, nel cestino."

"Mister Kugelmass, il peggio che potrebbe fare sarebbe di passare all'azione. Deve limitarsi a esternare quello che prova, qui, e noi l'analizzeremo insieme. È in cura da abbastanza tempo per sapere che non si guarisce da un giorno all'altro. Dopotutto, io sono un analista, non un mago."

"Allora forse mi ci vuole un mago," disse Kugelmass, alzandosi. E di analisi non se ne parlò più.

Un paio di settimane dopo, mentre una sera Kugelmass e Daphne se ne stavano in casa abbacchiati come due mobili vecchi, squillò il telefono.

"Rispondo io," disse Kugelmass. "Pronto?"

"Kugelmass?" disse una voce. "Kugelmass, qui parla Persky."

"Chi?"

"Persky. O meglio, Il Grande Persky."

"Prego?"

"Mi risulta che lei stia cercando per mari e per monti un mago che porti un pizzico di esotico nel grigiore della sua vita. Sì o no?"

"Sssst!" bisbigliò Kugelmass. "Non riattacchi. Da dove telefona, Persky?"

Il giorno seguente, di primo pomeriggio, Kugelmass si arrampicò per tre piani di scale di un fatiscente condominio nella zona più squallida di Brooklyn. Nella maleodorante penombra del pianerottolo trovò a stento la porta che cercava e suonò il campanello. Me ne pentirò, disse tra sé e sé.

Dopo qualche secondo venne ad aprirgli un tizio corto e sottile come una stearica.

"È *lei* Persky il Grande?"

"Il Grande Persky. Vuole un tè?"

"No. Voglio una storia romantica. Voglio musica, voglio amore e bellezza."

"Ma niente tè, eh? Pazzesco. Va be', si accomodi."

Poi Persky si eclissò e Kugelmass udì, dalla stanza attigua, un tramestio di scatole e mobilia. Persky riapparve spingendo innanzi a sé un grosso aggeggio montato su cigolanti rotelle da schettini. Tolse da sopra dei vecchi fazzoletti di seta, soffiò via un filo di polvere e comparve una portantina cinese, ordinaria, mal laccata.

"E adesso che succede?" disse Kugelmass.

"Attenzione," disse Persky. "Questo è un gran bell'articolino. L'ho messo a punto l'anno scorso per un congresso dei Cavalieri di Pizia, ma poi la cosa andò a monte. Coraggio, entri."

"Già, che poi lei ci ficca dentro spade, o roba del genere."

"Vede forse delle spade in giro?"

Kugelmass fece una smorfia e, grugnendo, si ficcò nella portantina. Non poté fare a meno di notare due bei zirconacci dritto davanti ai suoi occhi, incollati al compensato. "Se è uno scherzo..." bofonchiò.

"Altro che scherzo. Ora, mi segua. Prendo un libro, lo schiaffo dentro nella portantina, insieme a lei, poi chiudo la porta, batto tre colpi e... zac, si trova proiettato in quel libro."

Kugelmass fece una smorfia incredula.

"Basta sia uno scritto," disse Persky. "Parola. E non necessariamente un romanzo. Anche un racconto, una commedia, una poesia. E ha la possibilità di conoscere le donne create dai più grandi scrittori del mondo. L'eroina dei suoi sogni. Avrà ai suoi piedi una vera protagonista. Poi quando è stufo caccia un urlo, e io la faccio tornare qui in un battibaleno."

"Persky, non mi sarà mica scappato dal manicomio...?"

"Ma se le dico che non c'è trucco," disse Persky.

Kugelmass rimase scettico. "Ma cosa mi vuol far credere... che questa scatola da Camembert casereccio è in grado di farmi fare il viaggio che lei dice?"

"Per un paio di deca."

Kugelmass mise mano al portafogli. "Se non vedo non credo," disse.

Persky si ficcò in tasca le due banconote e andò alla libreria. "Dunque, chi vuole incontrare? Fanny Hill? Hester Prynne? Ofelia? O magari una donna di Saul Bellow? Ehi, che ne dice di Temple Drake? Anche se, per un uomo della sua età, sarebbe forse una strapazzata."

"Francese. Voglio avere una storia d'amore con una francese."

"Nanà?"

"No, non a pagamento."

"Che ne direbbe di Natascia di *Guerra e pace*?"

"Francese, ho detto. Ecco! Che gliene pare di Emma Bovary? Sarebbe il massimo."

"È fatta, Kugelmass. Mi cacci un urlo quando ne ha abbastanza." E Persky scaraventò nella portantina una copia del romanzo di Flaubert, in edizione economica.

"È certo che posso star sicuro?" domandò Kugelmass mentre l'altro si accingeva a chiudere le porte.

"Sicuro! C'è niente di sicuro in questo pazzo mondo?" Batté tre colpi sulla portantina, poi spalancò di nuovo le porte. Kugelmass era scomparso.

E comparve, in quello stesso istante, nella camera da letto di Charles e Emma Bovary, a Yonville. Di fronte a lui, di spalle, c'era una donna, bellissima, intenta a piegare della biancheria. Non posso crederci, pensò Kugelmass, lo sguardo fisso sulla stupenda moglie del dottore. È fantastico. Sono qui. È lei.

Emma si volse, sorpresa. "Oddio, mi avete spaventata," esclamò. "Chi siete?" Parlava lo stesso buon inglese della traduzione del tascabile.

Non esiste, pensò Kugelmass, semplicemente non esiste. Poi, realizzando che la domanda era stata rivolta a lui, disse: "Scusatemi. Sono Sidney Kugelmass. Del City College di New York. Professore di umanistica. City College? Zona nord. Io... oh, mamma mia!"

Emma Bovary gli sorrise civettuola e disse: "Gradite qualcosa da bere? Magari un bicchiere di vino?"

È bella, pensò Kugelmass. Che contrasto con la troglodita che condivideva il suo letto! Fu colto da un impulso improvviso di stringere fra le braccia quella visione e di dirle che era la donna che aveva sognato da sempre.

"Sì, un po' di vino," disse rauco. "Bianco. No, rosso. No, bianco. Vada per il bianco."

"Charles è fuori per tutta la giornata," disse Emma, con tono gaiamente allusivo.

Dopo il vino, uscirono a far due passi nell'amena campagna francese. "Ho sempre sognato che qualche misterioso straniero venisse a strapparmi dalla monotonia di questa crassa esistenza rurale," disse Emma, afferrandogli una mano. Passarono davanti a una chiesetta. "Mi piace il vostro abbigliamento," mormorò lei. "Mai visto niente di simile, da queste parti. Lo trovo così... così moderno."

"È una cosa andantina," egli disse, romanticamente. "L'ho preso in liquidazione." All'improvviso la baciò. Per un'ora rimasero adagiati sull'erbetta, sotto un albero, a bisbigliarsi inezie e a dirsi con gli occhi cose di profondo significato. Poi Kugelmass si tirò su di scatto. Gli era venuto in mente in quel momento l'appuntamento con Daphne da Bloomingdale. "Devo andare," disse a Madame Bovary. "Ma non temere, tornerò."

"Lo spero," disse Emma.

L'abbracciò appassionatamente e insieme si avviarono verso casa. Tenendole il viso fra le mani, la baciò di nuovo e gridò: "Stacca, Persky! Devo essere da Bloomingdale alle tre e mezzo!"

Si udì un pop, ed ecco Kugelmass di nuovo a Brooklyn.

"Dunque? Che le dicevo?" domandò Persky, tutto trionfante.

"Senta, Persky, ora come ora sono in ritardo all'appuntamento con la palla al piede in Lexington Avenue, ma quando possiamo rifarci? Domani?"

"Con piacere. Si ricordi i due deca. E non apra bocca con anima viva."

"Sta' a vedere che adesso faccio una conferenza stampa."

Kugelmass fermò un taxi e schizzò verso il centro. Il cuore gli danzava sulle punte. Sono innamorato, pensò, e sono il depositario di un magnifico segreto. Non sapeva però che, in quello stesso momento, numerosi studenti, in varie scuole da ogni parte del paese, stavano chiedendo ai loro professori: "Chi è questo personaggio, qui a pagina 100? Un ebreo pelato che bacia Madame Bovary?" Un'insegnante di Sioux Falls, South Dakota, sospirando pensò: Gesù, questi ragazzi: tutto fumo e acido! Guarda cosa si vanno a pensare!

Daphne Kugelmass era nel reparto accessori per bagno di Bloomingdale, quando Kugelmass arrivò, tutto affannato. "Dove sei stato?" ringhiò. "Sono le quattro e mezzo."

"Traffico bestiale," disse Kugelmass.

Kugelmass tornò da Persky il giorno dopo e, seduta stante, si ritrovò per magia a Yonville. Emma non riuscì a nascondere la sua eccitazione nel vederlo. Trascorsero alcune ore insieme, a ridere e a parlare dei rispettivi trascorsi. Poi fecero l'amore. "Mio Dio, sto scopando con Madame Bovary!" bisbigliò Kugelmass fra sé e sé. "Io che sono stato bocciato tre volte in Lingua e Letteratura francese!"

Col passare dei mesi, Kugelmass tornò spesso da Persky e portò avanti quella relazione, carnale e appassionata, con la moglie del dottor Bovary. "Veda di inserirmi nel libro sempre prima di pagina 120," disse un giorno Kugelmass al mago. "Devo incontrarla prima che si ficchi con quel Rodolphe della malora."

"Perché?" domandò Persky. "Non se la sente di competere con lui?"

"Come lo freghi, a quello? È un gentiluomo di campagna. E quelli non hanno di meglio da fare che andare a cavallo e far la corte alle signore. Per me, è solo un cicisbeo da rotocalco. Coi capelli alla Helmut Berger. Ma lei, Emma, lo trova fighissimo."

"E il marito non sospetta niente?"

"Oh, lui non è nessuno. È uno scialbo medicastro di paese, che s'è messo in un matrimonio più grande di lui. Alle dieci, già casca dal sonno. Lei invece ha una gran voglia di ballare, di sfrenarsi. Oh, be'... Ci vediamo più tardi."

E di nuovo Kugelmass entrò nella portantina e trasmigrò all'istante in casa Bovary, a Yonville.

"Come te la passi, giuggiolona mia?" domandò a Emma.

"Oh, Kugelmass," sospirò. "Che cosa non mi tocca sopportare. Ieri sera, a cena, il Grand'Uomo si è addormentato fra il dolce e la frutta. Io stavo parlando tutta infervorata dei balletti Chez Maxim e, a ciel sereno, sento un gran russare."

"Non te la prendere, *darling*. Ora ci sono qua io," disse Kugelmass abbracciandola. Me lo son guadagnato tutto questo, pensò, annusando il profumo francese di Emma e affondando la faccia nei suoi capelli. Ho sofferto abbastanza. Speso un mucchio di soldi in psicanalisi. Non mi sono mai dato per vinto e... finalmente, eccomi qui: poche pagine dopo Léon e un po' prima di Rodolphe. Lei è giovane e bella e io, io, comparendo ai capitoli giusti, ho la situazione in pugno.

Emma dal canto suo non era meno felice di Kugelmass. Avida di sensazioni, a sentirlo parlare della vita notturna di Broadway, di auto da corsa e di divi del cinema e della TV, s'eccitava, restava ammaliata.

"Parlami ancora di O.J. Simpson," l'implorò quella sera, mentre passeggiavano nei pressi della chiesa dell'abate Bournisien.

"Che vuoi che ti dica? È forte. Batte ogni sorta di primati. Non lo supera nessuno, cara mia."

"E gli Oscar? E gli Oscar?" lei disse, con aria bramosa. "Non so cosa darei, per vincerne uno."

"Però prima devi entrare nella rosa."

"Sì, lo so, me l'hai spiegato. Ma sono sicura di saper recitare. Certo, dovrei prendere qualche lezione. Magari da Strasberg. Poi, con l'agente giusto..."

"Vedremo, vedremo. Ne parlerò con Persky."

Quella sera, tornato sano e salvo alla base, Kugelmass lanciò l'idea di far venire Emma nella metropoli.

"Mi ci lasci pensare un momentino," disse Persky. "Magari ce la faccio. Sono successe cose anche più strane."

Ovviamente, nessuno di loro avrebbe saputo dire quali.

"Ma si può sapere dove cavolo vai che sei sempre in giro?" latrò Daphne al marito, quando questi rientrò tardi anche quella sera. "Ti sei fatto una sbarbina da qualche parte?"

"Sì, sono proprio il tipo," disse Kugelmass, seccato. "Ero con

Leonard Popkin, a discutere di agricoltura socialista in Polonia. Lo conosci, no, Popkin. Questo argomento lo fa impazzire."

"Be', ti trovo strano, da un po' di tempo a questa parte," disse Daphne. "Distratto, distante. Bada di non scordarti del compleanno di mio padre. Cos'è, sabato?"

"Sta' tranquilla," disse Kugelmass, dirigendosi al bagno.

"Ci saranno tutti i miei. Così vedremo le gemelle. E anche il cugino Hamish. Dovresti essere più gentile col cugino Hamish... Lui ti vuol bene."

"Giusto, le gemelle," disse Kugelmass, chiudendo la porta del bagno, lasciandosi alle spalle la voce della moglie. Si appoggiò al battente e trasse un profondo sospiro. Fra poche ore, pensò, sarebbe stato di nuovo a Yonville e avrebbe rivisto la sua amata Emma. E stavolta, se tutto andava bene, se la sarebbe portata appresso.

Il giorno seguente, alle tre e un quarto del pomeriggio, il mago Persky compì nuovamente la sua magia. Kugelmass apparve al cospetto di Emma, sorridente e focoso. I due trascorsero alcune ore a Yonville, con Binet, quindi risalirono in carrozza. Attenendosi alle istruzioni di Persky, si abbracciarono stretti stretti, chiusero gli occhi, e contarono fino a dieci. Quando li riaprirono, la carrozza stava giusto arrivando all'Hotel Plaza dove Kugelmass aveva, ottimisticamente, prenotato una *suite*.

"Che meraviglia! Proprio come l'avevo sognato, tutto quanto," disse Emma, volteggiando gioiosa per la stanza. Poi, affacciandosi alla finestra: "La FAO. Schwarz. Central Park. E lo Sherry, qual è? Oh, sì, eccolo. È troppo divino."

Sul letto, c'erano dei pacchi: di Gucci e Saint-Laurent. Emma ne aprì uno, e ne estrasse un paio di pantaloni di velluto nero. Se li misurò.

"Il completo è di Ralph Lauren," disse Kugelmass. "A te sta un amore. Su, tesoro, dammi un bacio."

"Non sono mai stata così felice!" squittì Emma, davanti allo

48

specchio. "Andiamo a fare un giro per la città. Ardo dal desiderio di vedere *Chorus Line* e il Museo Guggenheim e poi questo Jack Nicholson di cui mi hai tanto parlato. Danno qualche suo film, qui intorno?"

"Non riesco a spiegarmi il mistero," disse un professore della Stanford University. "Prima uno strano personaggio a nome Kugelmass, e poi lei che scompare dal romanzo. Ma è classico, nei classici: li si può leggere mille volte, e ci si scopre sempre qualcosa di nuovo."

Gli amanti trascorsero un idillico weekend divino. Kugelmass aveva detto a sua moglie che andava a Boston, per un simposio, e sarebbe tornato lunedì. Gustandosi e godendo ogni momento, lui e Emma andarono al cinema, a cena a Chinatown, in discoteca... poi, a letto, si guardarono un film alla tivù. L'indomani, domenica, dormirono fino a mezzogiorno, quindi andarono a Soho e adocchiarono gente famosa da "Elaine". La sera cenarono in camera, caviale e champagne, poi chiacchierarono fino all'alba.

Sul taxi che li riportava da Persky, il lunedì mattina, Kugelmass pensò: una cosa frenetica, ma ne valeva la pena. Non la posso portar qui troppo spesso, ma una volta ogni tanto sarà un bel diversivo, rispetto a Yonville.

Da Persky, Emma s'infilò nella portantina, con i pacchi e i pacchetti dei regali, e diede un affettuoso bacio a Kugelmass. "Ci vediamo da me, la prossima volta," disse, strizzandogli l'occhio.

Persky batté tre colpi. Non successe niente.

"Hmmm," disse, grattandosi la testa. Bussò ancora, e niente. "C'è qualcosa che non va," borbottò.

"Persky, lei scherza!" esclamò Kugelmass. "Come può non funzionare?"

"Si rilassi, si rilassi. È ancora lì dentro, Emma?"

"Sì."

Persky bussò di nuovo. Più forte stavolta.

"Sono sempre qui, Persky."

"Lo so, cara. Stia tranquilla."

"Persky, *dobbiamo* rispedirla indietro," bisbigliò Kugelmass. "Sono un uomo sposato, io, e ho lezione fra tre ore. Non sono disponibile al momento che per un'avventura clandestina."

"Non capisco," disse Persky. "È un trucchetto che riesce sempre."

Ma non ci fu niente da fare.

"Ci vorrà un po' di tempo," disse a Kugelmass. "Devo smontare tutta la baracca. La chiamo io più tardi."

Kugelmass ficcò Emma in un taxi e la riportò all'Hotel Plaza. Arrivò pelo pelo alla lezione. Non fece che telefonare tutto il giorno, ora a Persky ora all'amante. Il mago gli disse che forse ci volevano dei giorni, per riparare il guasto.

"Com'è andato il simposio?" gli domandò Daphne quella sera.

"Bene, bene," disse, accendendosi una sigaretta dalla parte del filtro.

"Che cos'hai? Sei nervoso come una scimmia."

"Io? Questa è buona! Sono calmo come una notte d'estate. Esco a fare due passi."

Sgattaiolò fuori, fermò un taxi, volò al Plaza.

"È un bel guaio," disse Emma. "Charles starà in pensiero."

"Sta' calma, tesoro, ci son qua io," disse Kugelmass. Era pallido e sudato. La baciò, si fiondò in ascensore. Da un telefono a gettoni nell'atrio dell'albergo, fece una piazzata a Persky. Arrivò a casa quasi a mezzanotte.

"Secondo Popkin, dal 1971 il prezzo dell'orzo a Cracovia non era mai stato così stabile," disse a Daphne, con un pallido sorriso, mentre si cacciava a letto.

Passò così un'intera settimana.

Il venerdì sera, Kugelmass disse a sua moglie che c'era un altro simposio cui non poteva mancare, stavolta a Syracuse. Si precipitò invece al Plaza. Ma il secondo weekend risultò assai diverso dal primo.

"O mi riporti nel romanzo o mi sposi," disse Emma a Kugelmass. "Nel frattempo, o mi trovi un lavoro o mi iscrivi a qualche scuola, perché guardare la tivù tutto il giorno è uno strazio."

"Va bene. Se guadagni qualcosa non guasta," disse Kugelmass. "Solo di servizio-bar in camera mi costi un occhio."

"Ho incontrato un produttore teatrale d'avanguardia, l'altro giorno in Central Park, e mi ha detto che gli andrei proprio bene per una cosa che sta mettendo su," disse Emma.

"Chi è 'sto buffone?" domandò Kugelmass.

"Non è un buffone. È gentile, sensibile e carino. Si chiama Jeff... Jeff... boh. Sta cercando una donna di gran classe."

Quella sera Kugelmass si presentò da Persky ubriaco.

"Si rilassi," gli disse il mago. "Le verrà un infarto."

"Si rilassi. Mi dice 'si rilassi'. Mi trovo con la protagonista di un romanzo ficcata in albergo, e sospetto che mia moglie mi faccia pedinare."

"Sì, lo so, anche lei ha la sua gatta da pelare." Persky strisciò sotto la portantina e si mise a dar gran colpi con una chiave inglese.

"Sono come una bestia braccata che si aggira per la città," seguitò Kugelmass. "Emma e io ne abbiamo fin sopra i capelli l'uno dell'altra. E lasciamo perdere il conto dell'albergo, che sembra il bilancio della Difesa."

"Che posso farci? Il mondo della magia," disse il mago, "è fatto tutto di sfumature."

"Sfumature un corno. Quella sgrinfia marcia a Dom Pérignon e ovetti neri, poi ci aggiunga il guardaroba, poi ci aggiunga che s'è iscritta a una scuola di recitazione e le occorrono foto in varie pose e tutto il resto. Eppoi, Persky, c'è il professor Fivish Kopkind che insegna letterature comparate e ch'è sempre stato geloso di me e che, adesso, mi ha riconosciuto in un personaggio che compare di tanto in tanto nel romanzo di Flaubert. Minaccia di dir tutto a mia moglie. Vedo rovina e alimenti; la prigione. Se mi denuncia per adulterio con Madame Bovary, mia moglie mi riduce al mendicio."

"Cosa vuole che le dica? Ci lavoro notte e giorno. Quanto alla sua angoscia personale, non posso farci niente. Sono un mago, mica uno psicanalista."

La domenica pomeriggio, Emma, chiusa nel bagno, si rifiutava di rispondere alle suppliche di Kugelmass. Questi si affacciò alla finestra con gli occhi sbarrati, a meditare il suicidio. Peccato sia così basso, pensò, altrimenti mi butterei subito. Forse se scappassi in Europa, a rifarmi una vita... Magari vendendo l'*International Herald Tribune* agli angoli delle strade, come facevano quelle ragazzine.

Squillò il telefono. Automaticamente, Kugelmass sollevò il ricevitore.

"La porti qui," gli disse Persky. "Mi sa che ho rimediato."

A Kugelmass il cuore diede un tuffo. "Sul serio? Ha riparato il guasto?"

"Una sciocchezza, agli organi di trasmissione. Pensi un po'."

"Persky, lei è un genio. Arriviamo fra un minuto. Anche meno."

Gli amanti si precipitarono ancora una volta a casa del mago. Emma si ripiazzò, con pacchi e pacchetti, nella portantina cinese. Niente bacio, stavolta. Persky chiuse le porte, respirò profondamente, diede tre colpi. Seguì subito quel rassicurante pop e, quando Persky ci sbirciò dentro, la scatola era vuota. Madame Bovary era rientrata nel romanzo. Kugelmass esalò un gran sospiro di sollievo, e strinse con vigore la mano del mago.

"È finita bene," disse. "La lezione mi è servita. Non farò più pasticci, lo giuro." Di nuovo strinse la mano a Persky e prese nota, mentalmente, di mandargli una cravatta.


Tre settimane dopo, verso l'imbrunire di una splendida giornata di primavera, il campanello di Persky si mise a suonare. Era Kugelmass, con un'aria da pecora.

"Animo, Kugelmass," gli disse il mago. "Dove andiamo stavolta?"

"Una volta e basta," disse Kugelmass. "L'aria primaverile è così dolce... il tempo passa e si diventa vecchi... Senta, ha letto il *Lamento di Portnoy*? Ha presente La Scimmia?"

"Adesso costa 25 dollari perché la vita aumenta, ma il primo viaggio gliel'offro gratis, visti i guai che le ho procurato l'altra volta."

"Lei è una brava persona," disse Kugelmass, pettinandosi i pochi capelli superstiti, prima di arrampicarsi nella portantina. "Andrà tutto bene?"

"Lo spero. Però non l'ho più usata tanto, dopo gli inconvenienti del mese scorso."

"Sesso e atmosfera, guarda che cosa tocca fare," disse Kugelmass, da dentro la scatola, "per un bel faccino!"

Persky gli scagliò una copia del *Lamento di Portnoy*, batté i tre colpi. Seguì, invece del pop, un grosso scoppio e poi un crepitare di scintille. Persky fece un balzo indietro, gli venne un infarto, e schiattò. La portantina andò in fiamme, poi l'incendio divorò tutto il palazzo.

Kugelmass, ignaro di tale catastrofe, aveva ben altri problemi. Non era trasmigrato nel *Lamento di Portnoy* né in alcun altro romanzo, se è per questo. Era stato proiettato in un vecchio manuale, *Lo spagnolo in 10 lezioni* e cercava di salvarsi la pelle scappando in una brulla landa desolata, con il verbo *tener* (avere) — irregolare, grosso e peloso — che l'inseguiva sulle lunghe zampe.

# DISCORSO AI LAUREANDI

Oggi, più che mai in qualsiasi altra epoca storica, l'umanità si trova a un bivio. Una strada conduce alla disperazione più assoluta; l'altra, alla totale estinzione. Preghiamo il cielo che ci dia la saggezza di fare la scelta esatta. Io vi parlo così non perché ritenga che tutto sia inutile, futile e vano, ma perché sono dolorosamente convinto che l'esistenza stessa è, non solo priva di senso, ma piena di terrore. Tale mio atteggiamento potrebbe facilmente scambiarsi per pessimismo. Non lo è. È semplicemente una sana e salutare preoccupazione per l'angoscia dell'uomo moderno. (Per uomo moderno qui intendesi qualsiasi persona, ambosessi, nata dopo l'editto di Nietzsche per cui "Dio è morto", ma prima del clamoroso successo di *I Wanna Hold Your Hand*.) Tale angoscia si estrinseca in modo ambivalente, benché alcuni filosofi linguistici preferiscano ridurla a un'equazione matematica che si può facilmente risolvere, non solo, ma portarla anche in saccoccia.

Posto nella sua forma più semplice, il problema è: com'è possibile trovare un senso compiuto, in un mondo finito, dato il mio numero di colletto, di scarpe e calzini? Il quesito è molto arduo, quando ci si renda conto che la scienza ci ha delusi. È vero, ha debellato molte malattie, decifrato il codice genetico e persino mandato esseri umani sulla luna; e tuttavia, quando un uomo di ottant'anni viene affidato alle cure di due massaggiatrici diciottenni, non succede niente. Perché? Ma perché i problemi reali non cambiano mai. Dopo tutto, può l'anima umana venir osservata al microscopio? Be', può darsi, ma ne occorre in tal caso uno molto potente, e con due oculari. È noto che il computer più perfezionato del mondo ha un cervello meno sofisticato di quello d'una formica. D'accordo, si potrebbe dir lo stesso di molti nostri parenti, ma costoro ci tocca sopportarli solo alle feste di nozze o altre rare occasioni. La scienza è invece qualcosa da cui siamo dipendenti tutto il tempo. Se mi vien male al petto, devo andarmi a far fare una lastra. Ma, e se le radiazioni dei raggi X mi procurano guai anche più gravi? Magari finisco in sala operatoria senza neanche accorgermene. Metti allora che, mentre mi somministrano l'ossigeno, a un anestesista gli gira di accendersi una sigaretta. La cosa successiva sono io che sorvolo Manhattan in pigiama. È scienza, questa? D'accordo: la scienza ci ha insegnato a pastorizzare il latte. E questo, d'accordo, può essere pure divertente, in buona compagnia. Ma, e la bomba H? Avete mai visto che cosa succede quando un aggeggio di quelli casca accidentalmente dalla scrivania? E dov'è andata la scienza, quando uno ponza sugli enigmi eterni? Com'è che ebbe origine il cosmo? Da quanto tempo si evolve e gira? La materia scaturì da un'esplosione o dal Verbo di Dio? E, in quest'ultimo caso, non avrebbe Egli potuto darle inizio due-tre settimane prima, tanto per approfittare del bel tempo? Cosa intendiamo dire, esattamente, con "l'uomo è mortale"? Ovviamente, non è un complimento.

Anche la religione ci ha, purtroppo, delusi. Miguel de Unamuno scrive estrosamente dell'"eterno persistere della coscienza", ma non è faccenda facile. Specie quando si legge Thackeray. Spesso penso quanto doveva essere confortevole la vita, per l'uomo primitivo, dato ch'egli credeva in un potente e benigno Creatore, che si pigliava cura d'ogni cosa. Figurarsi la sua delusione, se vedeva sua moglie ingrassarsi. L'uomo contemporaneo non gode, ovviamente, di tal pace dello spirito. No: la sua fede è in piena crisi. È, per usare una parola di moda, "alienato". Ha assistito ai disastri della guerra, ha conosciuto calamità e catastrofi e cataclismi, ha frequentato bar per cuori solitari. Il mio amico Jacques Monod parla di un cosmo governato dal caso. Secondo lui, nella vita tutto avviene per puro caso, eccezion fatta per la prima colazione, che sa con certezza che gli viene preparata dalla fida governante. Naturalmente, credere in una divina provvidenza dà molta tranquillità. Ma ciò non ci esime dalle nostre responsabilità umane. Sono io forse il guardiano di mio fratello? Ebbene sì. In tal caso, condivido quest'onore e onere con il giardino zoologico. Sentendoci privi di Dio, dunque, abbiamo fatto una divinità della tecnologia. Ma può, la tecnologia, rappresentare la risposta esatta, quando una Buick nuova di zecca, col mio socio Nat Zipsky al volante, sfonda la vetrina di una tavola calda, seminando il panico fra centinaia di avventori? Il mio tostapane non ha mai funzionato a dovere in quattro anni. Io seguo le istruzioni: infilo due fette di pane nelle apposite fessure... ma due secondi dopo quelle partono come schioppettate. Una volta ruppero il naso a una donna che amavo teneramente. Possiamo forse contare su bulloni e viti e fili elettrici per risolvere i nostri problemi? Sì, il telefono è una gran bella cosa... idem il frigo... idem il condizionatore d'aria. Ma non tutti. Non quello di mia sorella Henny, per esempio. Il suo condizionatore fa un gran frastuono e non rinfresca l'aria. Quando viene il tecnico ad aggiustarlo, va ancora peggio. Oppure le dice di comprarné un altro. Se lei si lamenta, il tecnico dice di non seccarlo. Quell'uomo è davvero alienato. Non solo è alienato, ma neanche riesce a smettere di sorridere.

Il guaio è che non ci hanno adeguatamente preparato a una

società meccanizzata. Purtroppo, i nostri politici sono o incompetenti o corrotti. Talvolta tutt'e due nello stesso giorno. Il governo è sordo ai bisogni dell'uomo medio. Quelli poi al disotto della media non riescono neanche a parlare con la segretaria d'un sottosegretario, per telefono. Non nego che la democrazia sia pur sempre la migliore, fra le forme di governo. Perlomeno, in democrazia le libertà civili sono garantite. Nessun cittadino può essere torturato ad arbitrio, imprigionato o costretto ad assistere a certi spettacoli di Broadway. Si è ben lontani, qui da noi, da quel che accade in Unione Sovietica. Sotto il regime totalitario di là, una persona sorpresa a fischiettare è condannata a trent'anni di lavori forzati. Se, dopo quindici anni, non smette di fischiettare, la fucilano. Alle forme più brutali di fascismo fa da contraltare il terrorismo. In nessun'altra epoca storica l'uomo ha avuto, come oggi, paura persino di tagliare la bistecca che ha sul piatto: potrebbe esplodere. La violenza crea violenza e si prevede che, entro il 1990, il sequestro di persona sarà la forma predominante d'interazione sociale. Il sovraffollamento esacerberà i problemi fino al punto di rottura. Dalle cifre risulta che già ci sono più persone sulla terra di quante ne occorrano per spostare anche il più pesante dei pianoforti. Se non si pone un argine alla crescita demografica, nel 2000 non ci sarà più spazio sufficiente, in trattoria, per servire il pranzo a tutti, a meno che non si apparecchino tavoli su due strati, cioè sopra le teste dei primi arrivati. Costoro non dovranno però muoversi, finché mangiano quelli di sopra. Naturalmente l'energia scarseggerà e la benzina verrà razionata: a ognuno quanto basta per spostare la macchina da un lato all'altro della strada, a giorni alterni.

Anziché affrontare queste sfide, ci distraiamo invece con trastulli come il sesso e la droga. Viviamo in una società troppo permissiva. Mai in passato la pornografia aveva avuto tanta diffusione. E quei film sono così male illuminati! Siamo gente cui manca uno scopo preciso, una meta. Non abbiamo mai imparato ad amare. Ci mancano capi e programmi coerenti. Non abbiamo alcun centro spirituale. Andiamo alla deriva, tutti soli, nel cosmo, sfogando la nostra mostruosa violenza gli uni sugli altri, spinti da sofferenza e frustrazione. Per fortuna, non abbiamo smarrito il nostro senso della misura. In conclusione, è chiaro che il futuro offre grandi opportunità. È anche disseminato di trabocchetti. Il trucco consiste nell'evitare i trabocchetti, prendere al balzo le opportunità e rientrare a casa per l'ora di cena.

# LA DIETA

Un giorno, senza alcun apparente motivo, F. ruppe la dieta. Era andato a pranzo con il suo supervisore, Schnabel, in trattoria, per discutere di certe questioni. Circa la natura di tali "questioni", Schnabel si era tenuto sul vago quando, la sera innanzi, gli aveva telefonato per fissare quell'appuntamento.

"Ci sono varie questioni," gli disse al telefono, "intorno alle quali sarebbe opportuno decidere... Ma del resto non c'è fretta. Si può anche rinviare a un'altra volta."

Ma F. venne preso da una tale smania, roso da una tale ansia, che insistette perché, anzi, lui e Schnabel si incontrassero subito.

"Pranziamo insieme oggi," disse.

"Ma è tardi anche per cena, è mezzanotte."

"Non fa niente. Anche a costo magari di scassinare una trattoria."

"Sciocchezze. La cosa può attendere," ribatté Schnabel, e riattaccò.

F. aveva il respiro affannato. Cos'ho fatto, si disse, cos'ho fatto. La figura del fesso con Schnabel. Lunedì si risaprà, in tutta la ditta. È la seconda volta, questo mese, che mi copro di ridicolo!

Tre settimane prima, difatti, F. era stato sorpreso a fare il picchio vicino alla fotocopiatrice. Si beffavano tutti di lui, alle sue spalle. Certe volte, se si girava improvvisamente, vedeva trenta o quaranta colleghi che gli facevano le linguacce. Andare al lavoro era un incubo. C'è da dire che la sua scrivania era in fondo a uno stanzone, lontanissima dalla finestra, e quel po' d'aria fresca che entrava, gliela respiravano tutta, prima che arrivasse fino a lui.

Ogni giorno, quando percorreva lo stanzone, facce ostili lo sbirciavano di sottecchi, e poi erano malevoli bisbigli, sulla sua scia. Un giorno Traub, un impiegatuccio, gli aveva rivolto un cortese cenno di saluto poi però, a tradimento, gli aveva tirato una mela in faccia. Proprio a Traub era andata la promozione promessa da tempo a F. Non solo: gli era stata concessa una nuova sedia, per la scrivania. A F. invece la sedia era stata rubata anni addietro e, a causa degli intralci e dei meandri burocratici, non era riuscito ancora a ottenerne un'altra. Da anni dunque gli toccava stare in piedi, e curvo, per battere a macchina, mentre gli altri colleghi si facevano beffe di lui. All'epoca del furto, F. aveva fatto subito richiesta d'una nuova sedia.

"Mi spiace," gli disse allora Schnabel, "ma deve rivolgere istanza al ministro."

"Sì, sì, certo," convenne F. E ottenne un'udienza col ministro che però, proprio alla vigilia, fu rinviata. "Non può riceverla oggi," gli disse un assistente. "Sono sorte certe vaghe questioni, e non riceve nessuno." Passavano i mesi, e F. cercò ripetutamente di venir ricevuto dal ministro, ma invano.

"In fondo, non voglio che una sedia," disse a suo padre. "Non è che mi stanco a star piegato, ma è che quando faccio per rilassarmi e metto i piedi sulla scrivania, casco all'indietro."

"Stupidaggini," disse suo padre, senza alcuna simpatia. "Se avessero più stima di te, a quest'ora staresti seduto."

"Non mi capisci!" esclamò F. "Ho tentato di vedere il ministro, ma è sempre occupato. Eppure, quando sbircio dalla finestra, lo vedo sempre lì a ballare il charleston."

"Il ministro non ti darà mai udienza," gli disse suo padre, versandosi un bicchiere di rosolio. "Non ha tempo per i deboli e i falliti. Fatto sta che Richter ha due sedie. Una per sedercisi, l'altra per accarezzarla e coccolarla."

Richter! pensò F. Quel fatuo barboso, che da anni intrecciava una tresca con la moglie del borgomastro, finché lei non se n'accorse! Richter prima lavorava in banca, ma furono scoperti degli ammanchi. Venne accusato di malversazione. Poi si scoprì che il denaro lo mangiava. "Meglio della cicoria, per le scorie," disse alla polizia con fare innocente. "Aiuta ad andare." Fu sbattuto fuori dalla banca e assunto dalla ditta di F., dove si riteneva che il suo ottimo francese facesse di lui l'uomo ideale per tenere i rapporti con Parigi. In capo a cinque anni si scoprì che, di francese, non ne parlava neanche una parola: si limitava a emettere sillabe prive di senso, imitando l'accento. Fu privato dell'incarico, ma riuscì nondimeno a entrare nelle grazie del principale. Divenne il suo consigliere e lo convinse che la ditta avrebbe raddoppiato gli utili ove avesse, semplicemente, aperto le porte e lasciato entrare i clienti.

"Uno in gamba, quel Richter," disse il padre di F. "Ecco perché lui si farà sempre strada, nel mondo degli affari, mentre tu ti contorcerai negli spasimi della frustrazione, come un verme nauseabondo, degno solo di essere spiacciato sotto i piedi!"

F. si complimentò col padre per la sua lungimiranza, ma più tardi, quella sera, si sentì inspiegabilmente depresso. Decise così di mettersi a dieta e rendersi più presentabile. Non che fosse grasso, ma certe subdole insinuazioni, colte al volo qua e là, lo avevano indotto a convincersi che in alcuni ambienti della città egli potesse esser ritenuto "tendente alla pinguedine". Mio padre ha ragione, pensò F., sono uno scarafaggio disgustoso. Non fa meraviglia che Schnabel, quando gli chiesi un aumento di stipendio, mi rispose con una spruzzata di DDT. Infatti, non sono che un insetto, una blatta, degno solo del disprezzo universale. Merito di venir schiacciato, calpestato, sbranato dalle belve. Dovrei vivere sotto il letto, fra la polvere, o cavarmi via gli occhi per l'orrore che ho di me stesso. Domani comincio senz'altro la dieta.

Quella notte fece tutti sogni euforici. Si vide tanto magro da potersi infilare i pantaloni ultima moda, di quelli che solo gli uomini d'una certa reputazione potevano mettersi e farla franca. Sognò di giocare a tennis con grazia e maestria, di ballare con fotomodelle in locali *in*. Il sogno terminò con lui che entra, nudo bruco, alla Borsa Valori, con la romanza del toreador dalla *Carmen* in sottofondo, e fa: "Niente male, eh?"

Si svegliò l'indomani in gran forma, felice, e per varie settimane stette a dieta, riducendo il suo peso di sette-otto chili. Non solo si sentiva meglio, ma gli andavano bene le cose.

"Il ministro la riceverà," gli fu annunciato un giorno.

F. si recò all'udienza in stato di estasi.

Il grand'uomo lo scrutò da capo a piedi. Indi gli disse: "Mi consta che lei s'intende di proteine."

"Carne magra e, naturalmente, insalata," rispose F. "Un panino, ogni tanto, ma non imburrato. E niente pastasciutta e niente dolci."

"Impressionante," disse il ministro.

"Non solo sono molto più bello, ma ho anche ridotto il rischio di infarto e diabete," disse F.

"Lo so, lo so," disse il ministro, spazientito.

"Forse ora potrei aspirare a qualcosa di più," disse F. "Cioè, se mantengo la linea attuale."

"Vedremo, vedremo," disse il ministro. "E il caffè?" chiese ancora, sospettoso. "Lo prende con la panna?"

"Oh, no," disse F. "Una goccia di latte scremato, e basta. Le assicuro, signore, che il mio nutrimento attuale non fa alcuna concessione alla gola."

"Bene, bene. Ne riparleremo, presto."

Quella sera F. ruppe il fidanzamento con Frau Schneider. Le scrisse un biglietto per spiegarle che, dato il calo dei trigliceridi, i loro antichi progetti non erano ormai più di attualità. La scongiurava di capirlo e le assicurava che, ove il suo tasso di colesterolo fosse mai salito sopra 190, le avrebbe telefonato.

Poi ci fu l'invito a pranzo di Schnabel. Per sé, F. ordinò soltanto del formaggio magro e una pesca acerba. Quando poi chiese a Schnabel perché l'avesse convitato, il supervisore si mostrò evasivo. "Semplicemente per passare in rassegna alcune alternative," disse.

"*Quali* alternative? E a che cosa?" chiese F. Non gli constava che vi fosse nulla in forse o in sospeso, proprio nulla.

"Oh, non so. Si è fatto tutto nebuloso, adesso, e neppure ricordo perché siamo qui, a pranzo insieme."

"Eppure, sento che lei mi nasconde qualcosa," disse F.

"Sciocchezze. Cosa prende di dessert?"

"Niente, grazie, Herr Schnabel. Cioè, sono a dieta."

"Da quanto tempo non si concede una zuppa inglese? o una crème caramel?"

"Oh, da diversi mesi," disse F.

"Non ne ha nostalgia?" domandò Schnabel.

"Mah, sì, naturalmente. A me i dolci sono sempre piaciuti, ad armoniosa conclusione d'un pasto. Ma ci vuole disciplina... Lei capisce."

"Davvero?" domandò Schnabel, assaggiando la sua torta al cioccolato con piacere ostentato. "È un peccato che lei sia così rigido. La vita è breve. Ne gradisce un assaggio?" E, sorridendo malignamente, gliene porse un pezzetto in cima alla forchetta.

F. ebbe un leggero capogiro. "Ecco," disse, "potrei fare uno strappo e riprendere la dieta domani."

"Certo, certo," disse Schnabel. "Mi sembra una cosa splendidamente sensata."

F. avrebbe potuto resistere, e invece cedette. Chiamò il cameriere e, tremando, ordinò: "Una crème caramel, per favore."

"Bene, bravo," disse Schnabel. "Si faccia sotto! Forse se fosse stato più malleabile, in passato, certe cose da tempo irrisolte a quest'ora sarebbero già sistemate. Non so se mi spiego."

Il cameriere portò una crème caramel e la posò di fronte a F. strizzando l'occhio a Schnabel. Così almeno parve a F., ma non poteva esserne sicuro. Attaccò il dolce a voraci cucchiaiate, godendone ogni soffice boccone.

"Buona, eh?" domandò Schnabel, con un ammicco d'intesa. "Contiene molte calorie, però."

"Sì," disse F., con lo sguardo un po' folle, e un tremito. "Mi andrà direttamente intorno ai fianchi."

"Lei ingrassa facilmente, eh?" fece Schnabel.

F. aveva il respiro affannoso. Il rimorso l'invase, gli contorse ogni fibra del corpo. Dio del cielo, cos'ho fatto! Ho rotto la dieta. Ho ingerito un dolciume, pur conoscendone le conseguenze. Domani mi toccherà dare i vestiti ad allargare!

"Qualcosa non va, signore?" domandò il cameriere, sorridendo sotto i baffi di conserva con Schnabel. "Sì, che ha?" insistette questi. "Ha l'aria di uno che ha commesso un delitto."

"Per favore, non parliamone adesso. Ho bisogno di aria. Le dispiace pagar lei, stavolta, il conto? La prossima volta offro io."

"Certamente," disse Schnabel. "Ci vediamo domani in ufficio. Mi consta che il ministro vuole vederla, riguardo a certe accuse."

"Cosa? Quali accuse?" domandò F.

"Oh, non so, esattamente. Corrono certe voci... Niente di preciso. Alcune domande che le autorità intendono porle. Non c'è fretta, però. Ha ancora fame? Perché scappa, panzone?"

F. si alzò di scatto da tavola, si precipitò fuori dalla trattoria, fece tutta una corsa fino a casa. Si gettò ai piedi del padre e pianse. "Padre, ho rotto la dieta!" confessò. "In un momento di debolezza, ho ordinato il dolce. Ti prego, perdonami. Abbi pietà, ti scongiuro!"

Il padre l'ascoltò con calma, poi disse: "Ti condanno a morte."

"Lo sapevo che avresti capito," disse F. Al che, padre e figlio si abbracciarono e riaffermarono la loro decisione di trascorrere più tempo libero a lavorare.

# IL RACCONTO DEL PAZZO

La pazzia è relativa. Chi può dire chi è pazzo, di noi, veramente? E mentre vago per Central Park, con indosso vestitacci tarlati e una maschera di garza da chirurgo, gridando slogan rivoluzionari e ridendo istericamente, mi domando ancora se quel che ho fatto fosse, dopotutto, così tanto irrazionale. Fatto sta, caro lettore, che non fui sempre quel pazzo randagio che sono oggi, uno di quelli che frugano fra i rifiuti e riempiono sporte di stringhe spaiate e tappi di gazzosa. No, un tempo fui un medico di grido e abitavo nei quartieri alti, giravo in Mercedes marrone e vestivo i più arditi tweed di Ralph Lauren. Si stenta a credere che io, il dottor Ossip Parkis, un tempo frequentatore di Sardi, delle prime teatrali, del Lincoln Center e del Circolo del Tennis, dove sfoggiavo motti di spirito e un rovescio formidabile, ora pattino a volte per Broadway, con la barba ispida, zaino in spalla e berretto a girandola.

Il dilemma che mi mise in crisi e provocò la mia catastrofica caduta fu semplicemente questo. Vivevo allora con una donna cui volevo molto bene e che era veramente deliziosa, avvincente: piena di brio, di personalità, intelligentissima e colta; insomma, era una gioia starci assieme. Senonché (e sia maledetto per questo il destino) non mi eccitava sessualmente. Quindi, attraversavo furtivo la città, ogni sera, per recarmi da una modella fotografica a nome Tiffany Schmeederer, la cui agghiacciante ignoranza era inversamente proporzionale al conturbante erotismo che emanava da ogni suo poro. Indubbiamente, caro lettore, avrai già udito l'espressione: "un corpo mai satollo". Be', il corpo di Tiffany, non solo non era mai sazio, ma neanche staccava mai cinque minuti per un caffè. La sua pelle era di raso, aveva una criniera leonina di capelli castani, lunghe gambe molto snelle e forme così curvilinee che, ad accarezzarla, faceva l'effetto di andare sulle montagne russe. Non voglio dire, con questo, che la mia sciampagnosa e profonda convivente Olive Chomsky fosse una racchia. Manco per niente. Olive era una gran bella donna, con tutti gli annessi e connessi di una affascinante creatura della cultura e poi, fuori dai denti, a letto ci sapeva fare da dio. A inibirmi era il fatto che quando la luce pioveva su Olive da una certa angolatura, inesplicabilmente mi ricordava la zia Rifka. Non che somigliasse effettivamente alla sorella di mia madre. (La zia Rifka aveva l'aspetto di un personaggio del folclore yiddish detto il Golem.) C'era solo una vaga similarità intorno agli occhi, e la si notava soltanto se il taglio di luce era quello adatto. Forse era per via del tabù dell'incesto o magari dipendeva dal fatto che un corpo e un viso come quelli di Tiffany Schmeederer si combinano insieme una volta ogni qualche milione di anni e, di solito, preannunciano un'era glaciale o la fine del mondo fra le fiamme: fatto sta che io avevo bisogno del meglio di due donne diverse.

Fu Olive che conobbi per prima. E lei venne dopo una sfilza interminabile di relazioni nelle quali la mia compagna lasciava sempre qualcosa a desiderare. La mia prima moglie era brillante, ma le mancava completamente il senso dell'umorismo. Era convinta che, dei fratelli Marx, il più buffo fosse Zeppo. La mia seconda moglie era bellissima, ma priva di vera passione. Ricordo che una volta, mentre facevamo l'amore, parve quasi, per un attimo, a causa di una curiosa illusione ottica, che lei si dimenasse. Sharon Pflug, con cui vissi per tre mesi, era troppo ostile. Whitney Weisglass era troppo accomodante. Pippa Mondale, un'allegra divorziata, commise l'errore fatale di prediligere le candele a forma di Cric e Croc.

Benintenzionati amici mi fissarono una serie di incontri galanti, ma sembravano uscite tutte quante dalle pagine di H.P. Lovecraft. Le inserzioni sul *Nuovo informatore librario* alle quali risposi per disperazione si rivelarono altrettanto inutili, poiché la "poetessa trentenne" risultò prossima alla sessantina, la "studentessa che ama Bach e Beowulf" somigliava a Grendel e la "bisessuale" mi disse che io non soddisfacevo né l'una delle sue esigenze, né l'altra. Non voglio con ciò dire che ogni tanto non incappassi in una donna di tutt'altro tipo, cioè bella, sensuale, assennata e simpatica, insomma con tutte le credenziali in ordine. Ma, in ossequio, chissà, a qualche antica legge della *Bibbia* o magari del *Libro dei morti* egiziano, era *lei* a rifiutare *me*. Quindi ero il più infelice degli uomini. In superficie, sembravo uno di quelli cui non manca niente. Sotto sotto, ero alla disperata ricerca di un amore che mi appagasse.

Nelle solitarie notti insonni meditavo sui misteri dell'estetica. C'è nulla, in natura, di assolutamente "perfetto", a parte la stupidità dello zio Hyman? Chi sono io, per pretendere la perfezione? Io, con la mia caterva di difetti. Volli farne una lista. Ma non seppi andar oltre il punto 1): Certe volte dimentica il cappello.

Chi, fra quanti conoscevo, aveva una "relazione significativa"? I miei genitori restarono insieme quarant'anni, ma per dispetto. Un mio collega, il dottor Greenglass, aveva sposato una donna che sembrava una fetta di formaggio coi buchi perché era "tanto buona". Iris Merman tradiva il marito con chiunque fosse in età di votare, per chiunque votasse. Insomma, nessuna relazione poteva dirsi felice. Ben presto cominciai ad avere degli incubi.

Sognai di recarmi in un bar per cuori solitari dove fui aggredito da una banda di steno vagabonde: brandendo coltellacci, mi costrinsero a fare un panegirico sul sobborgo di Queens. Il mio psicanalista mi consigliava un equo compromesso. Il rabbino mi diceva: "Si sistemi, si sistemi. Che gliene pare di una donna come la signora Blitzstein? Non sarà una gran bellezza, ma nessuno è più bravo di lei a contrabbandare armi in un ghetto." Un'attrice che incontrai, e che diceva che la sua aspirazione era di fare la cameriera in un caffè, sembrava promettente; ma quando l'invitai a pranzo, a ogni cosa che dicessi rispondeva, invariabilmente: "Non è in lista." Poi una sera, per cercare di scaricarmi dopo una giornata durissima all'ospedale, mi recai solo soletto a un concerto di Stravinskij. Durante l'intervallo incontrai Olive Chomsky e la mia vita mutò.

Olive Chomsky, erudita e ironica, che citava Eliot e giocava a tennis con la stessa maestria con cui suonava Bach al pianoforte, e che non diceva mai: "Oh, *wow* "; che non portava mai niente firmato Gucci o Pucci, che non ascoltava mai canzoni *country* o *western* alla radio. E poi, fra parentesi, era sempre disponibile per atti innominabili, e anzi prendeva spesso lei l'iniziativa. Mesi felici trascorremmo insieme, finché il mio appetito sessuale (citato, credo, nel *Guinness dei primati*) non divenne inappetenza. Concerti, cinema, pranzi e cene, weekend, interminabili stupende discussioni su qualsiasi argomento, dai fumetti di Pogo al Rig-Veda. E mai una gaffe, dalle sue labbra. Grande intuito e fine intendimento. Di spirito, anche. E, s'intende, la giusta indignazione e i giusti sarcasmi contro i giusti bersagli: i politici, la televisione, la chirurgia estetica, l'architettura delle case popolari, gli uomini ineleganti, i corsi di filmologia e le persone che cominciano una frase con "basilarmente".

Oh, maledetto sia il giorno in cui un capriccioso raggio di sole conferì alla sua fisionomia quel nonsoché che mi fece venire in mente lo stolido viso di zia Rifka. E maledetto sia, anche, il giorno in cui, durante un party in una soffitta di Soho, un archetipo erotico dall'improbabile nome di Tiffany Schmeederer, aggiustandosi un calzettone, mi domandò, con una voce che sembrava quella d'un topo dei cartoni animati: "Di che segno sei?" A me, simil licantropo, si aguzzarono subito le zanne e si rizzarono ispidi i capelli; e fui indotto a dissertare lì per lì di astrologia (argomento che, fra i miei interessi intellettuali, se la batte con altri di uguale portata metafisica, come le onde alfa o la capacità dei folletti irlandesi di ubicare tesori).

Qualche ora dopo, ero ormai fra le sue mani, malleabile come un pezzo di cera; e quando si sfilò le mutandine, intonai, inesplicabilmente, l'inno nazionale olandese. Quindi ci mettemmo a fare l'amore, alla maniera degli Assi Volanti. E così cominciò.


Alibi con Olive. Furtivi convegni con Tiffany. Scuse per negare alla donna che amavo l'energia sessuale che spendevo altrove. Che spendevo, si badi, con un'oca. Senonché una sua semplice carezza però bastava a svitarmi la calotta cranica e spedirla su in cielo come un frisbee. Dimenticavo tutti i miei doveri verso la donna dei miei sogni per un'ossessione carnale non diversa da quella di Emil Jannings nell'*Angelo azzurro*, per Marlene Dietrich. Una volta mi diedi malato e chiesi a Olive di andarci con sua madre, a sentire Brahms, affinché potessi soddisfare un capriccio cretino della mia dea dei sensi, la quale voleva, a ogni costo, che andassi da lei a guardare, alla televisione, una idiozia per minorati "perché c'è Johnny Cash". Tuttavia, dopo essermi sciroppato quello strazio, lei mi remunerò abbondantemente facendo compiere alla mia libido una gita spaziale fino al pianeta Nettuno. Un'altra volta, tutto disinvolto, dissi a Olive che scendevo a comprare il giornale. Feci di corsa sette isolati fino alla casa di Tiffany, salii in ascensore, ma quel trabiccolo infernale si inceppò. Come un coguaro in gabbia, camminavo su e giù nel breve spazio, fra un piano e l'altro, incapace sia di soddisfare i miei focosi desideri sia di tornare a casa per un'ora accettabile. Liberato alfine dai pompieri, istericamente architettai una panzana, per Olive, in cui agivamo io, due rapinatori e il mostro di Loch Ness. Per fortuna, dormiva quando rincasai. L'innata onestà di Olive le impediva di sospettare ch'io potessi ingannarla con un'altra. Ora, anche se i nostri rapporti fisici erano meno frequenti, mi industriavo tuttavia a soddisfarla, sia pure parzialmente. In preda a un costante senso di colpa, adducevo a scusante la stanchezza per eccesso di lavoro. Lei la beveva con l'innocenza di un angelo. In realtà, e col passare dei mesi, sempre più mi consumava, quella tresca. Ero arrivato al punto che sembrava fossi uscito dall'*Urlo* di Edvard Munch.

Abbi pietà del mio dilemma, lettore caro. È un tormento del resto che affligge un bel po' dei nostri contemporanei. Non riuscire a trovare tutti quanti i requisiti necessari in un unico esponente dell'altro sesso. Da una parte, l'abisso del compromesso. Dall'altra, la snervante e riprovevole esistenza del fedifrago. Avevano ragione i francesi? Consisteva forse il trucco nell'avere una moglie e insieme un'amante, soddisfacendo così bisogni diversi con donne diverse? Ero certo che, se avessi fatto apertamente una simile proposta a Olive, comprensiva com'era, sarei finito come un tordo allo spiedo, infilzato dal suo ombrello. Mi venne una tale depressione, che contemplai il suicidio. Mi puntai una pistola alla tempia, ma, all'ultimo istante, sparai in aria. La pallottola trapassò il soffitto, e la signora del piano di sopra andò a nascondersi in uno sgabuzzino, dove rimase rintanata per tutte le feste di Natale.

Poi, una sera, tutto si chiarì. D'un tratto e con quella chiarezza che dà l'LSD, vidi qual era la mia strada. Avevo condotto Olive a vedere un vecchio film di Bela Lugosi, a un cineclub. Nella scena cruciale Lugosi, scienziato pazzo, sostituisce il cervello di un gorilla a quello d'una sua vittima, dopo aver legato entrambi su un lettino operatorio, mentre infuria un temporale. Se una cosa del genere poteva venire in mente a uno scrittore, certo un chirurgo della mia abilità poteva, nella vita reale, tradurla in pratica.

Ebbene, caro lettore, non starò ad annoiarti coi particolari, che sono altamente tecnici e non accessibili al profano. Basti dire che, chi si fosse trovato a passare, in una notte buia e tempestosa, in prossimità di una sala operatoria abbandonata sulla Quinta Strada, avrebbe visto un individuo misterioso trascinare lì dentro due donne drogate (una molto procace, di quella procacità che provoca incidenti e ingorghi stradali). Lì, mentre fulmini e saette ragnavano il cielo in tempesta, egli eseguì un'operazione che, prima di allora, era stata compiuta solo nel mondo della fantasia in celluloide, da un attore di origine ungherese.

Risultato? Tiffany Schmeederer, ora che il suo cervello si trovava nel corpo, assai meno strepitoso, di Olive Chomsky, fu lietissima di non doversi più considerare un oggetto sessuale. Come Darwin insegna, sviluppò rapidamente una notevole intelligenza e ciò le permise, se non di emulare Hannah Arendt, perlomeno di capire quant'è sciocca l'astrologia e di fare un discreto matrimonio. Olive Chomsky, venuta d'un tratto a trovarsi in possesso di una topografia cosmica, accoppiata a una mente brillantissima, divenne mia moglie; e io divenni l'uomo più invidiato del mio giro.

L'unico guaio fu che, dopo alcuni mesi di beatitudine con Olive, roba da *Mille e una notte*, io, inesplicabilmente, mi disamorai di quella donna ideale e (boh!) m'invaghii di una hostess, certa Billie Jean Zapruder, il cui corpo ossuto e piatto e il cui accento burino mi mandavano in estasi. Fu a questo punto che mi dimisi dall'ospedale, mi calcai in testa il berretto con in cima una girandola e, zaino in spalla, mi diedi a pattinare per Broadway.

Brooklyn: viali alberati. Il ponte. Chiese e cimiteri dappertutto. E *candy stores*. Un ragazzino aiuta un vecchietto barbuto ad attraversare la strada, poi gli augura: "Buon sabato." Il vecchietto sorride e gli svuota la pipa in testa. Il ragazzino corre a casa piangendo... L'afa incombe sul quartiere. I bruklinesi dopo pranzo portano fuori delle sedie pieghevoli e si siedono a conversare. D'un tratto attacca a nevicare. Ne nasce una gran confusione. Passa un ambulante, vendendo *pretzel* caldi. Inseguito dai cani, cerca scampo in cima a un albero. Purtroppo per lui, sull'albero ci sono altri cani.

"Benny! Benny!" Una madre chiama il figlio. Benny ha sedici anni e la fedina penale già sporca. A ventisei, l'aspetta la sedia elettrica. A trentasei, l'impiccagione. A cinquanta, sarà proprietario d'una lavanderia a secco. Ora sua madre serve la colazione, e siccome la famiglia è troppo povera per permettersi del pane fresco, spalma la marmellata sul *News*.

Campo sportivo Ebbets. I tifosi gremiscono Bedford Avenue nella speranza di acchiappare una palla da baseball che voli oltre il recinto. Dopo otto *inning* senza esito, si ode un gran muggito fra la folla. Una palla vola oltre il muro di cinta. I tifosi ingaggiano una gara furibonda. Ma si tratta di un pallone da calcio. Come mai? Boh. Alla fine di quella stagione il padrone dei Dodgers di Brooklyn scambierà il suo *shortstop* contro il *fielder* sinistro del Pittsburgh, quindi baratterà se stesso contro il proprietario dei Braves di Boston, più i suoi due figli minori.

Baia di Sheepshead. Un uomo dalla faccia color cuoio, ridendo allegramente, tira su le sue trappole per granchi. Un granchio gigante gli acchiappa il naso fra le tenaglie. L'uomo non ride più. I suoi amici tirano da una parte, e gli amici del granchio dall'altra. Invano. Il sole tramonta. Stanno ancora tirando.


New Orleans. Un'orchestrina jazz, al cimitero, suona sotto la pioggia mesti inni, mentre un morto vien calato nella fossa. Quindi attaccano un'allegra marcetta e il corteo fa ritorno in città. A metà strada, uno di loro s'accorge che hanno seppellito l'uomo sbagliato. Quel ch'è peggio, non si conoscevano neanche. E poi il sepolto non era morto, e neppure malato. Anzi, stava cantando uno *jodler*. Tornano al cimitero ed esumano il poveretto, che minaccia querele, sebbene gli promettano di mandare il vestito in tintoria e di non fargli pagare il conto. Frattanto, nessuno sa chi è morto veramente. L'orchestrina continua a suonare, mentre ognuno degli astanti viene sepolto a turno, in base alla teoria che il defunto scenderà giù più liscio. Risulta che non è morto nessuno, e ormai è troppo tardi per procurarsi una salma, data l'imminenza delle feste.

È l'ultimo di carnevale, *Mardi Gras*. Specialità creole su tutte le bancarelle. Gente in costume per le strade. Un uomo vestito da gambero viene gettato in un pentolone di acqua bollente. Protesta, ma nessuno crede che non sia un crostaceo. Alla fine tira fuori la patente e lo lasciano libero.

Piazza Beauregard è gremita di turisti. Un tempo, qui, Marie Laveau praticava il vudù. Oggi, un vecchio "stregone" haitiano vende bambolette e amuleti. Un poliziotto gli ingiunge di sgombrare, e ne nasce un litigio. Alla fine il poliziotto misura, di statura, dieci centimetri. Indignato, tenta ancora di arrestare lo "stregone", ma ha una voce così alta che nessuno lo sente. Ecco un gatto che attraversa la strada, il poliziotto deve cercar scampo nella fuga.

Parigi. Selciati rilucenti di pioggia, sotto i lampioni. E luci, luci dappertutto! Incontro un uomo, a un caffè all'aperto. È Henri Malraux. Buffo: lui pensa che Henri Malraux sia io. Gli spiego che Malraux è lui e che io sono solo uno studente. Ciò gli dà gran sollievo, poiché vuol molto bene a Madame Malraux e gli dispiacerebbe se fosse mia moglie. Parliamo di cose serie e lui mi dice che un uomo è libero di scegliere il proprio destino e solo quando si è reso ben conto che la morte fa parte della vita potrà, realmente, capire l'esistenza. Poi mi vende una zampetta di coniglio. Alcuni anni dopo, ci incontriamo a un pranzo, e lui di nuovo insiste che Malraux sono io. Stavolta gli do retta e gli mangio la macedonia.

Autunno. Parigi è paralizzata da un ennesimo sciopero.

Gli acrobati, stavolta. Nessuno fa più capriole, e la città si ferma. Poi lo sciopero si allarga: vi aderiscono anche i giocolieri, i funamboli e quindi i ventriloqui. I parigini, privi di questi servizi per essi essenziali, inscenano proteste; alcuni studenti si abbandonano a violenze. Due algerini, sorpresi a far salti mortali, vengono rapati a furor di popolo.

Una bimba decenne dai lunghi ricci castani e gli occhi verdi nasconde un ordigno esplosivo nella *mousse* al cioccolato del ministro dell'Interno. Al primo boccone, questi salta per aria, sfonda il tetto di Fouquet ma atterra, illeso, a Les Halles. Ora Les Halles non ci sono più.

Attraverso il Messico in auto. La povertà qui è roba da non credere. Grappoli di sombreros fan pensare ai murales di Orozco. Più di quaranta gradi all'ombra. Un povero indio mi vende un'*enchilada* di maiale. Il sapore è delizioso, e l'annaffio con acqua gelata. Sento un lieve imbarazzo allo stomaco, poi mi metto a parlare olandese. Poi un blando dolorino di pancia mi costringe a piegarmi in due come un coltello a serramanico. Sei mesi dopo, mi risveglio in un ospedale messicano, rapato a zero, con in pugno un gagliardetto della Yale University. È stata un'esperienza atroce, e mi informano che, durante il delirio, quasi in punto di morte, ho ordinato due doppi-petti da Hong Kong.

Trascorro la convalescenza in una corsia gremita di deliziosi *campesinos*, con molti dei quali poi stringo amicizia. C'è Alfonso, la cui mamma voleva che lui diventasse torero. Incornato da un toro, fu poi preso a forbiciate dalla madre. C'è Juan, un semplice porcaro che non sa neanche fare la sua firma ma è riuscito a truffare, in qualche modo, sei milioni di dollari alla ITT. E poi c'è il vecchio Hernàndez, che cavalcò accanto a Zapata per moltissimi anni, finché il grande rivoluzionario non lo fece arrestare perché gli dava continuamente dei calci.


Pioggia. Piove per sei giorni di fila. Poi nebbia. Siedo in un pub londinese assieme a Willie Maugham. Sono molto avvilito poiché il mio primo romanzo, *Fiero emetico*, ha ricevuto fredde accoglienze dalla critica. L'unica recensione favorevole, sul *Times*, è viziata però dalla frase finale che definisce il libro "un miasmatico marasma di asinini luoghi comuni che non trova l'uguale nella letteratura occidentale".

Willie Maugham mi dice che, sebbene la frase potrebbe variamente interpretarsi, è opportuno non servirsene a scopi pubblicitari. Ci mettiamo a passeggiare per Old Brompton Road, e la pioggia riattacca. Offro il mio ombrello a Maugham, che lo accetta, nonostante ne abbia già uno. Prosegue quindi con due ombrelli aperti, mentre io me la becco tutta.

"Non bisogna mai prendere le critiche troppo sul serio," mi dice. "Il mio primo racconto fu stroncato da un critico. Io ci pensai su e poi dissi tutto il male che potevo di quell'uomo. Dopo un po', rilessi il mio racconto e mi convinsi che aveva ragione. Era superficiale e mal costruito. Non ho mai dimenticato l'incidente e, diversi anni dopo, mentre la Luftwaffe bombardava Londra, andai ad accendere le luci in casa di quel critico."

Maugham si sofferma a comprare un terzo ombrello. "Per fare lo scrittore," riprende quindi a dire, "si deve essere pronti a correre rischi e non aver paura di passare per fessi. Io scrissi *Il filo del rasoio*, mi ricordo, con in testa un cappello di carta. Nella prima stesura di *Pioggia*, Sadie Thompson era un pappagallo. Procediamo a tentoni, noialtri. Corriamo ogni sorta di rischi. Quando mi accinsi a scrivere *Schiavo d'amore* non avevo altro che la congiunzione 'e'. Ma ero certo però che un racconto con 'e' dentro sarebbe risultato delizioso. A poco a poco, prese forma il resto."

Una raffica di vento solleva Maugham e lo sbatte contro un muro. Lui ridacchia. Poi mi offre il consiglio più utile che chiunque mai potrebbe largire a un giovane scrittore: "In fondo a una frase interrogativa, ci metta sempre un bel punto di domanda. Dia retta a me. Non ha idea, quanto può essere efficace."

# TEMPI DURI E SCELLERATI

Ebbene, sì. Lo confesso. Sono stato io, Willard Pogrebin, un tempo così mite e promettente, a sparare al presidente degli Stati Uniti. Fortuna ha voluto, però, che un tale tra la folla intervenisse a torcermi la mano che impugnava la Luger deviando il colpo, sicché la pallottola, dopo aver rimbalzato contro un'insegna metallica, andò a conficcarsi in una mortadella, nell'Emporio Insaccati Himmelstein. Dopo una lieve colluttazione, durante la quale diversi poliziotti fecero un nodo alla marinara con il mio gargarozzo, venni immobilizzato e mi portarono a razzo in osservazione al neuro-deliri.

Come ho potuto arrivare a questo? vi chiederete. Io, un individuo privo di spiccate idee politiche; uno la cui ambizione, da piccolo, era di suonare Mendelssohn al violoncello o magari ballare sulle punte nelle grandi capitali di tutto il mondo. Come, come è potuto succedere? Ebbene, cominciò tutto due anni fa. Ero stato congedato dall'esercito per motivi di salute, in seguito a certi esperimenti condotti, a mia insaputa, su di me. Più esattamente: a un certo numero di reclute, fra cui io, veniva dato da mangiare del pollo arrosto ripieno di acido lisergico, nel quadro di un programma di ricerca mirante a determinare la quantità di LSD che un uomo può ingerire prima di cercare di sorvolare i grattacieli. La messa a punto di armi segrete è di enorme importanza per il Pentagono, quindi, una settimana prima, ero stato siringato con un dardo drogato, per cui mi comportavo esattamente come Salvador Dalì. Un insieme di effetti secondari finì per menomare la mia percezione e, quando non fui più in grado di distinguere mio fratello Morris da due uova alla coque, mi congedarono.

Una terapia a base di elettrochoc mi fu di gran giovamento, al Veterans Hospital, senonché s'incrociarono i fili con quelli d'un laboratorio di psicologia comportamentale, per cui io e diversi scimpanzè recitammo tutti assieme *Il giardino dei ciliegi* in perfetto inglese. Solo e al verde, una volta dimesso, ricordo che mi misi in viaggio, in autostop, per la California. Fui preso su da due californiani: un giovane carismatico con la barba alla Rasputin e una giovane carismatica con la barba alla Svengali. Io ero proprio quel che andavano cercando, mi dissero, poiché stavano trascrivendo la Kaballah su pergamena ed erano a corto di sangue. Cercai di far loro capire che ero diretto a Hollywood, alla ricerca di un lavoro onesto, ma lo sguardo ipnotico dei loro occhi, coadiuvato da un coltello affilatissimo, valse a convincermi della loro buona fede.

Ricordo che mi portarono in un casolare abbandonato dove diverse giovani donne mesmerizzate mi rimpinzarono di cibi macrobiotici, poi tentarono di stamparmi il loro emblema sulla fronte con un marchio rovente. Assistetti quindi a una messa nera, durante la quale adolescenti incappucciati intonarono le parole "Oh, wow", in latino. Ricordo anche che mi fecero mangiare una pappa bianca estratta dai cactus bolliti, per cui alla fine la testa mi ruotava tutt'intorno come un riflettore parabolico. Ulteriori dettagli mi sfuggono, ma certo le mie facoltà mentali risultarono menomate da quell'esperienza poiché, due mesi dopo, fui arrestato a Beverly Hills perché tentavo di sposare un'ostrica.

Una volta scarcerato, mi misi alla ricerca di una pace interiore qualsiasi, nel tentativo di preservare quel po' di precario equilibrio mentale che mi restava. Più volte venni sollecitato, da ardenti proselitisti, a cercare la salvezza spirituale nella setta religiosa del reverendo Ciao Bok Ding, un carismatico dalla faccia di luna piena il quale abbinava gli insegnamenti di Lao-Tze alla saggezza di Robert Vesco, il finanziere fuggiasco. Il reverendo Ding, un asceta disposto a rinunciare a tutte le ricchezze mondane che superassero quelle di Charles Foster Kane, aveva due modesti obiettivi. Il primo: instillare nei suoi seguaci i valori della preghiera, del digiuno e della fratellanza. Il secondo: guidarli a una guerra religiosa contro i paesi della NATO. Dopo aver assistito a diverse sue prediche, mi resi conto che il reverendo Ding pretendeva dai suoi seguaci una fedeltà assoluta, da robot, e guardava di malocchio qualsiasi diminuzione del fervore religioso. Quando osservai che, secondo me, i proseliti del reverendo venivano sistematicamente trasformati in zombi da un megalomane fraudolento, ciò venne preso come una critica. Seduta stante, fui agguantato per il labbro inferiore e condotto in un tempio votivo, dove alcuni scagnozzi del reverendo, che sembravano lottatori sumo, mi suggerirono di riconsiderare le mie tesi, meditando per un paio di settimane senza meschine distrazioni come il cibo e l'acqua. Per sottolineare ulteriormente il disappunto generale della setta nei miei confronti, fui preso a cazzotti sulle gengive con metronomica regolarità. Ironia della sorte, se il cervello non mi diede di volta del tutto fu solo perché sotto i colpi ripetevo di continuo il mio mantra privato, che era "Yoicks". Alla fine comunque il terrore mi vinse, e cominciai ad avere allucinazioni. Ricordo che vedevo Frankenstein passeggiare per Covent Garden con un hamburger sugli sci.

Quattro settimane dopo mi risvegliai in ospedale. Mi sentivo abbastanza bene, a parte qualche livido e la ferma convinzione di essere Igor Stravinskij. Appresi che il reverendo Ding era stato citato in giudizio da un Maharishi di quindici anni. La lite verteva su chi, di loro due, fosse effettivamente Dio e avesse quindi diritto a un ingresso di favore al teatro Orpheum. La questione fu alfine risolta con l'aiuto del Nucleo Antitruffe e entrambi i guru vennero arrestati mentre erano in fuga per Nirvana (Messico).

A questo punto, benché fisicamente illeso, la mia stabilità mentale era più o meno quella di Caligola; quindi, nella speranza di rappezzare la mia psiche sconvolta, mi offrii volontario per un programma denominato TEP, ovvero Terapia dell'Ego Perlemutter, dal nome del suo ideatore Gustave Perlemutter. Questi era un ex sassofonista, divenuto terapeuta in tarda età; il suo metodo aveva conquistato molti famosi divi del cinema, i quali giuravano che, grazie a esso, erano cambiati più rapidamente e più in profondità che non seguendo assiduamente la rubrica astrologica di *Cosmopolitan*.

Assieme a un gruppo di neurotici, impervi a cure più tradizionali, un bel giorno finimmo condotti in una ridente località campestre. Suppongo che i fili spinati e i dobermann avrebbero forse dovuto metterci in sospetto, ma gli assistenti di Perlemutter ci tranquillizzarono, con buone parole. Costretti a sedere su una sedia dallo schienale rigido per 72 ore di fila, senza alcun diversivo o sollievo, la nostra resistenza, a poco a poco, venne meno; non passò molto che Perlemutter cominciò a leggerci brani scelti da *Mein Kampf*. Più il tempo passava, più era evidente che costui era un pazzo, la cui terapia consisteva nel ripetere di tanto in tanto l'esortazione: "Allegria, allegria!"

Alcuni miei compagni di cura, delusi, cercarono di andarsene; ma, per loro sventura, constatarono che i fili spinati del recinto erano ad alta tensione. Sebbene Perlemutter si spacciasse per psichiatra, notai che riceveva telefonate da Yassir Arafat e, se all'ultimo momento non avessero fatto irruzione gli agenti di Simon Wiesenthal, non si sa bene cosa sarebbe successo.

Reso cinico da tutti questi eventi, andai a stabilirmi a San Francisco, dove presi a guadagnarmi la vita nell'unico modo che ormai mi restava: sobillatore a Berkeley e informatore dell'FBI. Per mesi e mesi, vendetti e rivendetti informazioni agli agenti federali, perlopiù relative a un piano della CIA mirante a collaudare l'adattabilità dei cittadini di New York versando cianuro di potassio nei serbatoi d'acqua potabile. Fra queste spiate e un altro lavoretto come trovarobe per un film porno, sbarcavo a malapena il lunario. Poi una sera, mentre mettevo fuori le immondizie, due uomini sbucarono dall'ombra dell'androne e mi saltarono addosso. Mi bendarono alla meglio e mi ficcarono nel portabagagli di una macchina. Mi fecero poi un'iniezione e ricordo che, prima di perdere i sensi, udii uno che diceva che ero più pesante di Patty ma più leggero di Hoffa.

Al risveglio, mi ritrovai in uno sgabuzzino buio dove, per tre settimane, fui sottoposto a cure sistematiche per la totale privazione del sensorio. Dopodiché alcuni esperti presero a farmi solletico e due giovani a cantarmi canzoni *country* e *western* finché non mi dichiarai disposto a far tutto quello che volevano da me. Non posso giurare su quel che seguì, poiché forse era il risultato del lavaggio del cervello, fatto sta che però mi condussero in una stanza dove il presidente Gerald Ford mi strinse la mano e mi chiese se ero disposto a seguirlo, nei suoi spostamenti qua e là per il paese, e tirargli, di tanto in tanto, una revolverata, badando bene di mancare il bersaglio. Questo, disse, gli avrebbe dato modo di comportarsi eroicamente e sarebbe servito a distogliere l'attenzione della gente dalle vere questioni importanti, che lui non si sentiva di affrontare. Debilitato com'ero, accettai tutto. Due giorni dopo accadde l'incidente dell'Emporio Insaccati Himmelstein.

# UN GRANDE PASSO AVANTI
## PER L'UMANITÀ

Pranzando l'altro giorno al mio abituale ristorante, dove fanno un pollo all'icore veramente squisito, fui costretto a sorbirmi anche un drammaturgo di mia conoscenza, il quale non fece altro che difendere il suo ultimo lavoro da una serie di stroncature che sembravano *Il libro dei morti* tibetano. Tracciando un tenue parallelo fra i suoi dialoghi e quelli di Sofocle, e inveendo contro i critici teatrali con eloquente furia demostenea, Moses Goldworm trangugiava frattanto una bistecca. Io, s'intende, non potevo far altro che porgere orecchio, darmi un'aria compunta e assicurargli che la frase "grado zero di intensità drammatica" poteva anche interpretarsi in svariate maniere. Poi, d'un tratto, lo vidi sollevarsi dalla sedia per metà, ammutolire, annaspare freneticamente con le braccia e quindi afferrarsi la gola. Si era fatto bluastro in viso, poveretto, di quella sfumatura di turchino che, invariabilmente, fa pensare a Thomas Gainsborough.

"Mio Dio, che succede?" qualcuno gridò, mentre tintinnavano in terra le posate e tutti si voltavano a guardare.

"Ha un infarto!" esclamò un cameriere.

"No, no, è un colpo," disse un tale, dal tavolo accanto.

Goldworm seguitava a dibattersi, annaspare, ma con sempre minor energia. Poi, mentre venivano suggeriti vari rimedi in conflitto fra loro, in falsetto, dai più premurosi e isterici fra gli avventori, il drammaturgo, a conferma della diagnosi del cameriere, crollò in terra come un sacco di bulloni. Giacque riverso in una massa informe, e sembrava destinato a esalare l'ultimo respiro prima che arrivasse l'ambulanza, quand'ecco farsi avanti, con l'*aplomb* di un astronauta, un tizio alto quasi due metri, che dice: "Ci penso io. Non occorre un dottore. Non si tratta d'infarto. Portando una mano alla gola, quest'uomo ha fatto il gesto universale che indica appunto che uno sta soffocando. I sintomi sono gli stessi di un attacco cardiaco ma quest'uomo, vi assicuro, può essere salvato mediante la Manovra Heimlich!"

Ciò detto, l'eroe del momento abbrancò Goldworm dal dietro e lo tirò su, in posizione eretta. Gli puntò un pugno proprio sotto lo sterno e poi lo serrò forte fra le braccia. Dalla trachea del moribondo schizzò fuori, come un tappo di champagne, un bel pezzo di carne con contorno, che andò a colpire un attaccapanni. Goldworm tornò subito in sé e ringraziò il suo salvatore. Questi allora ci indicò un cartello, affisso alla parete, a cura dell'Ufficio sanitario. Ivi era fedelmente descritto il dramma cui avevamo testé assistito. La vittima appunto rivolge agli astanti "il segno universale di soffocamento" dato che non può, 1) né parlare né respirare, 2) si fa cianotica, 3) crolla. A tali sintomi diagnostici, sul cartello, seguivano chiare istruzioni per salvare la vita al malcapitato: e cioè lo stesso rude abbraccio, di cui eravamo stati testimoni, seguito da schizzo di sostanze proteiche, per cui Goldworm era stato dispensato dalle seccanti formalità del Lungo Addio.

Più tardi, tornando a casa per la Quinta Strada, mi chiesi se il dottor Heimlich, il cui nome è ormai celebre, quale inventore di quella efficace manovra che avevo visto eseguire poco prima, sapesse che c'era mancato poco che la gloria non gli fosse soffiata da tre scienziati (rimasti però anonimi) i quali avevano, per mesi, lavorato alla ricerca di un rimedio per quello stesso pericoloso incidente da tavola. Mi chiesi inoltre se fosse al corrente di un certo diario tenuto da uno dei tre pionieri: diario del quale io venni in possesso per sbaglio, a una vendita all'asta, a causa della sua somiglianza esteriore con un libro illustrato, dal titolo *Schiave dell'harem*, sborsando una sommetta equivalente a due mesi di stipendio. Ecco, dunque, alcuni estratti da codesto diario (di autore ignoto) che qui voglio render noti nel puro e semplice interesse della scienza:

*3 gennaio.* Incontro oggi per la prima volta i miei due colleghi e li trovo entrambi incantevoli, sebbene Wolfsheim sia molto diverso da come me l'immaginavo. Intanto, è più grasso che in fotografia (deve averne usata una vecchia). Ha la barba di media lunghezza, che però cresce selvaggia come una sterpaglia. A ciò si aggiungano sopracciglia folte e occhiuzzi da microbo, che dardeggiano occhiate sospettose da dietro a lenti spesse come vetri antiproiettile. E poi i tic. Il soggetto ha un vasto repertorio di smorfie, sussulti e ammicchi che non chiedono altro che un commento musicale di Stravinskij. Eppure Abel Wolfsheim è un brillante scienziato, le cui indagini sul soffocamento a tavola lo hanno reso leggendario in tutto il mondo. Lo ha lusingato, che io conoscessi bene il suo saggio sui Bocconi di Traverso; e mi ha confidato che la mia teoria sul singhiozzo (che, sostengo, è innato) un tempo guardata con occhio scettico è, oggi, comunemente accettata al MIT.

Se Wolfsheim ha l'aria eccentrica, l'altro membro del nostro triumvirato è tale e quale m'aspettavo che fosse, dopo aver letto le sue opere. Shulamith Arnolfini, i cui esperimenti di ingegneria genetica hanno portato alla creazione di un gerbillo capace di cantare la *Cucaracha*, è inglese all'estremo: veste in tweed, porta i capelli raccolti in uno chignon e gli occhiali di tartaruga che le scivolano sul naso a becco. Inoltre ha un impedimento alla favella, così sonoro e salivoso che, a starle accanto quando pronuncia una parola come "satanasso", fa l'effetto di trovarsi in balia d'un monsone. Mi piacciono entrambi e prevedo grandi scoperte.

*5 gennaio.* Le cose non stanno andando lisce come avevo sperato, poiché è sorto subito un leggero disaccordo fra Wolfsheim e me, su questioni di procedura. Io ho suggerito di condurre i nostri primi esperimenti su topi: per lui, questo sistema è troppo timido. Usiamo gli ergastolani, dice, facendogli tranguiare grossi bocconi di carne a intervalli di cinque secondi e obbligandoli a non masticarli. Solo così, sostiene, potremo osservare il fenomeno nelle sue effettive dimensioni. Allora ho sollevato la questione morale, e Wolfsheim si è messo sulla difensiva. Gli ho chiesto se secondo lui la scienza fosse al di là del bene e del male e se fosse lecito equiparare gli umani ai roditori. Non m'è neanche andato giù il fatto che, nella foga emotiva, mi abbia dato del "cretino senza pari". Per fortuna, Shulamith si è schierata dalla mia parte.

*7 gennaio.* Giornata molto produttiva, per Shulamith e me. Lavorando indefessamente, abbiamo fatto sì che un topo si strangolasse. Per indurre codesto incidente, gli abbiamo ammannito pezzettoni di groviera e l'abbiamo fatto ridere. Come previsto, il formaggio gli è andato di traverso, e ne è conseguito uno strangolamento. Allora, tenendo saldo il sorcio per la coda, l'ho frustato con apposito frustino, e il boccone è schizzato fuori. Shulamith e io abbiamo preso abbondantissimi appunti, sull'esperimento. Se riuscissimo a trasferire la procedura agguanto-della-coda su soggetti umani, avremmo già qualcosa. Troppo presto per dirlo.

*15 febbraio.* Wolfsheim ha messo a punto una teoria e insiste per metterla alla prova, sebbene io la trovi semplicistica. È convinto che una persona in procinto di strozzarsi con il cibo possa essere salvata (parole sue) mediante "una bevuta d'acqua". Lì per lì pensavo che scherzasse, ma l'intensità del tono e la furia dello sguardo mi convinsero che diceva sul serio. Chiaramente, erano giorni e giorni che rimuginava questa teoria: dovunque vedevi bicchieri contenenti acqua a svariati livelli. Di fronte al mio scetticismo, ha reagito accusandomi di ostruzionismo, e tutti i suoi tic si sono messi a danzare una ridda frenetica. Mi odia, è evidente.

*27 febbraio.* Giornata di festa. Shulamith e io siamo andati a fare una gita in campagna. Una volta lontani, fra il verde, chi pensava più al boccone di traverso? Shulamith mi ha raccontato che è già stata sposata una volta, a uno scienziato il quale, dopo aver condotto studi sugli isotopi radioattivi, si era fisicamente dileguato nel bel mezzo di un discorso mentre illustrava i suoi ritrovamenti di fronte a una commissione senatoriale. Abbiamo quindi parlato di noi, dei nostri gusti, e abbiamo scoperto che entrambi prediligiamo gli stessi batteri. Ho chiesto a Shulamith cos'avrebbe provato se l'avessi baciata. E lei: "Sarebbe stupendo," inondandomi di spruzzi di saliva, peculiari al suo difetto di favella. Sono pervenuto alla conclusione che è una gran bella donna, specialmente se vista attraverso uno schermo protettivo.

*1 marzo.* Ormai sono convinto che Wolfsheim è pazzo. Ha messo alla prova la sua teoria del "bicchier d'acqua" una dozzina di volte, e in nessun caso è risultata efficace. Quando gli ho detto di smetterla di sprecare tempo e denaro così, mi ha scagliato un alambicco sul naso e sono stato costretto a tenerlo a bada con un becco Bunsen. Al solito, quando il lavoro si fa più difficile la frustrazione aumenta.

*3 marzo.* Nell'impossibilità di trovare soggetti da assoggettare ai nostri pericolosi esperimenti, siamo costretti a bazzicare di continuo ristoranti, trattorie e tavole calde, nella speranza di incappare in qualche malcapitato che faccia al caso nostro. C'è andata bene, ieri, al "Sans Souci". Ho sollevato la signora Rosa Moskowitz per le caviglie e l'ho scossa e squassata, riuscendo a sloggiare un enorme boccone di abbacchio. Ma lei non si è mostrata affatto riconoscente. Wolfsheim suggerisce di dar pacche sulla schiena alle vittime di soffocamento. Il metodo delle pacche, dice, gli fu già suggerito da Fermi, trentadue anni fa, nel corso di un simposio sulla digestione, a Zurigo. Purtroppo, allora, non vennero stanziati dal governo fondi adeguati per portare avanti tale ricerca, essendo stata data priorità assoluta agli studi nucleari. Wolfsheim, fra parentesi, si è rivelato mio rivale in amore: ieri ha dichiarato a Shulamith la sua passione nel laboratorio di biologia. Quando ha tentato di baciarla, lei lo ha colpito in testa con una scimmia congelata. È un uomo molto triste e complesso.

*18 marzo.* Alla trattoria "Da Marcello", oggi siamo incappati in tal Guido Bertoni, nell'atto di strozzarsi con quel che in seguito risultò essere o cannelloni o una pallina da ping-pong. Come da me previsto, la somministrazione di pacche sulla schiena non ha arrecato alcun giovamento. Wolfsheim allora, incapace di abbandonare le vecchie teorie, ha provato a fargli bere un bicchier d'acqua. Però ha preso il bicchiere dal tavolo di un signore ben noto negli ambienti dell'Onorata, al che siamo stati accompagnati all'uscita di servizio e sbattuti contro un lampione, ripetutamente.

*2 aprile.* Oggi Shulamith ha lanciato l'idea delle pinze: vale a dire, una specie di forcipe abbastanza lungo da estrarre il boccone andato di traverso in trachea. Ciascun cittadino sarebbe tenuto a portarsi appresso un simile strumento e verrebbe istruito sull'uso di esso, dalla Croce Rossa. Pieni di entusiasmo, ci siamo subito portati da "Belknap" per estrarre un boccone di spigola rimasto malamente incastrato, con le spine, nell'esofago di certa Faith Blitzstein. Purtroppo, la signora si agitò quando andai per inserirle nelle fauci quelle enormi pinzette e mi affondò i denti nel polso, per cui lasciai cadere lo strumento giù per la gola della poveretta. Soltanto l'intervento del marito Nathan, che la prese per i capelli e, sollevandola, la fece andar su e giù a mo' di yo-yo, valse a scongiurare una fatalità.

*11 aprile.* Il nostro lavoro volge al termine, senza essere purtroppo approdato al successo. I fondi ci sono stati tagliati: l'Ente erogatore ha deciso che questo denaro può venir più utilmente devoluto all'acquisto di fuochi artificiali. Appena ricevuta la notizia, ho sentito il bisogno di uscire a prendere una boccata d'aria fresca, e sono andato a passeggiare lungo il fiume, riflettendo sui limiti della scienza. Può darsi che la gente sia *destinata* a strozzarsi, di tanto in tanto, mangiando. Forse questo fa parte di un qualche insondabile disegno cosmico. Siamo troppo presuntuosi, a pensare che la scienza possa controllare tutto, risolvere ogni problema? Un uomo inghiotte un boccone troppo grosso, e si strozza. Cosa potrebbe esserci di più semplice? Quale altra prova occorre della grande armonia dell'universo? Non troveremo mai tutte le soluzioni.

*20 aprile.* Ieri è stato il nostro ultimo giorno. Nel pomeriggio capito allo spaccio e vedo Shulamith che sta trangugiando un panino all'aringa affumicata per tacitare lo stomaco fino all'ora di cena. È intenta anche a leggere una monografia sul nuovo vaccino antiherpes. Mi avvicino furtivo da dietro e, per farle una sorpresa, la circondo con le braccia, provando in quell'attimo tutta la gioia che solo un innamorato può provare. Ma, ahimè, un pezzo di aringa le va di traverso e lei sta per soffocarsi. La cingo fra le braccia e, guarda caso, ho le mani posate proprio sotto il suo sterno. Qualcosa, chiamiamolo istinto, o cieca fortuna scientifica, mi induce a serrare i pugni e premerli contro il suo petto. In un batter d'occhio l'aringa viene espettorata e, oplà, la bella donna è come nuova. Quando lo riferii a Wolfsheim, disse: "Sì, certo, con l'aringa funziona. Ma funzionerebbe coi metalli ferrosi?"

Non so cosa intendesse, né m'importa. Il nostro esperimento è terminato. Abbiamo fallito, è vero: ma può darsi che, laddove noi abbiamo fatto fiasco, altri, seguendo le nostre orme, avvalendosi del nostro lavoro preliminare, pervengano al successo. Anzi, tutti noi prevediamo quel giorno in cui i nostri figli, o magari i nostri nipoti, vivranno in un mondo nel quale nessun individuo, qual che sia la sua razza, il suo credo o colore, non soccomberà mai a causa della propria pietanza.

Per finire su una nota personale: Shulamith e io ci sposeremo, e, finché l'economia non avrà dato segni di ripresa, lei e Wolfsheim e io abbiamo deciso di fornire un servizio di grande utilità sociale. Apriremo una tatuaggeria di prima classe.

# IL PIÙ SUPERFICIALE
## DEGLI UOMINI

Stavamo discutendo, abbarbicati al banco dei dolci delle persone più superficiali che avessimo mai conosciuto, quando Koppelman fece il nome di Lenny Mendel. E disse che questi era senz'altro l'individuo più vacuo che gli fosse capitato di incontrare. E poi ci raccontò la storia seguente.

Da anni alcuni amici si riunivano, ogni settimana, per una partita a poker. La posta era bassa e giocavano più che altro per passatempo. Le riunioni avvenivano in una camera d'albergo. Fra una mano e l'altra, chiacchieravano di sport, di donne, d'affari, e mangiavano e bevevano. A un certo punto, si cominciò a notare che uno dei giocatori, Meyer Iskowitz, non aveva un bell'aspetto. Glielo dissero un giorno, ma lui prese la cosa sottogamba.

"Sto benissimo," disse. "Chi ha aperto?"

Ma, col passare delle settimane, il suo aspetto andò via via peggiorando. E poi un giorno non si presentò. Si venne a sapere che era all'ospedale, con l'epatite. Tutti intuirono la funesta verità e, quindi, non fu una sorpresa allorché, meno di un mese dopo, Sol Katz telefonò a Lenny Mendel, allo studio televisivo dove lavorava, e gli disse: "Il povero Meyer ha il cancro. Al sistema linfatico. Uno dei più brutti. Si è già diffuso per tutto il corpo. È ricoverato allo Sloan-Kettering."

"È terribile," disse Mendel, d'un tratto depresso, facendosi svogliato un cicchetto, all'altro capo.

"Sol e io siamo andati a trovarlo, quest'oggi. Il poveretto non ha famiglia, nessun parente. È in pessimo arnese. Lui che era così bello robusto! Ohi, che mondo. Comunque, sta allo Sloan-Kettering. L'orario di visita è dalle dodici alle otto."

Katz riappese, lasciando Lenny Mendel di umor tetro. Mendel aveva quarantacinque anni e godeva ottima salute, per quanto poteva saperne. (Meglio non mostrarsi troppo sicuri: porta scarogna.) Iskowitz aveva solo sei anni più di lui. Benché non fossero amici intimi, avevano trascorso molte ore insieme, a giocare a carte e ridere e scherzare, una volta alla settimana, per cinque anni. Pover'uomo, pensò Mendel. Bisognerà mandargli dei fiori. Diede incarico a una segretaria, Dorothy, di prendere gli accordi col fioraio. Il pensiero dell'imminente morte di Iskowitz gravò tutto il pomeriggio su di lui; ma quel che più lo rodeva e snervava era che non c'era verso, bisognava andare a trovare il compagno di poker, all'ospedale.

Che spiacevole dovere, pensò Mendel. Si sentiva in colpa per il suo desiderio di evitarlo ma, al contempo, l'idea di andare a trovare Iskowitz l'atterriva. Sì, Mendel lo sapeva che tutti dobbiamo morire, prima o poi; e anzi gli aveva arrecato conforto l'aver letto una volta, in un libro, che la morte non è affatto in contrasto con la vita ma parte integrante di essa; eppure, quando pensava lucidamente alla propria fine, provava una paura senza limiti. Non era religioso, né un eroe, né uno stoico; e non voleva saperne, di ospedali e funerali. Se vedeva passare un carro funebre, ne era assillato per ore. Ora, si rappresentava la figura emaciata di Iskowitz... Il povero Iskowitz lo fissa mentre lui tenta, goffamente, di dire qualcosa di spiritoso. Ah, quanto li odiava, gli ospedali, con tutti quegli smalti funzionali e quelle luci di calcolata intensità. E poi fa sempre troppo caldo. Un caldo soffocante. E poi i carrelli portavivande, e le padelle... e quei vecchi e quegli storpí che vanno su e giù per i corridoi in vestaglia... l'aria pesante satura di germi esotici. E se poi fosse vero che il cancro è dovuto a un misterioso virus? Io, trovarmi nella stessa camera di Iskowitz... Chi ti dice che il cancro non s'attacca? Siamo giusti: che ne sa, la scienza, di questa terribile malattia? Niente. Metti che un giorno scoprono che ci sono, fra le tante, anche forme di cancro che si trasmettono per contagio... quando Iskowitz mi tossisce in faccia. O mi stringe una mano fra le sue contro il petto. E poi, metti che Iskowitz spirasse in sua presenza. Questa idea lo faceva inorridire. Gli pareva di vederlo, quel suo vecchio conoscente, un tempo rubicondo ora invece scheletrico... (improvvisamente non era più un amico, ma soltanto un conoscente)... gli pareva di vederlo, in procinto di spirare, che gli afferra una mano e invoca: "Non lasciarmi andare, Mendel... non lasciarmi andare!" Gesù, pensò Mendel, con la fronte imperlata di sudore, non mi sorride proprio, l'idea di andare a trovare Iskowitz. E perché cavolo dovrei? Non eravamo intimi. Per amor di Dio, ci si vedeva sì e no una volta alla settimana. Solo per giocare a carte. Non ci si scambiava che poche parole. Un compagno di poker e basta. In cinque anni, non ci siamo mai visti, all'infuori che in quella stanza d'albergo. Ora lui è moribondo e, ecco, mi incombe il dovere di andarlo a trovare. Di punto in bianco, siamo grandi amici. Intimi, addirittura. Voglio dire, per-bacco, che era legato più agli altri, che a me. Con lui, comunque, ero io *il meno* legato. Che ci vadano gli altri, a trovarlo. E poi, in fin dei conti, che bene gli fa, a un ammalato, tanto traffico? Diamine, è moribondo. Ha bisogno di quiete, intorno a sé, mica d'un corteo di visitatori distratti! In ogni modo, oggi non posso andarci perché ho una prova generale dello show. Che si credono, che sono un nullafacente, io? Mi hanno appena promosso produttore-associato. Ho un milione di cose per la testa. Anche i prossimi giorni sono esclusi, perché si prepara il numero speciale natalizio, e qui è una gabbia di matti. Quindi, non se ne parla fino alla settimana entrante. Mica posso farmi in quattro. Verso la fine della prossima settimana, chissà... Ma sarà ancora vivo? Oh, be', se è ancora vivo lo vado a trovare, sennò... buonanotte al secchio. È un po' pesante, lo so, come battuta. Ma è la vita che è pesante: per tutti. C'è il monologo d'apertura che ha bisogno di grosse modifiche, intanto. Battute più *à la page*. L'intero show va reso più *à la page*. Meno giochi di parole e più mordente.

Adducendo una scusa razionale dietro l'altra, Lenny Mendel riuscì a evitare di andare a trovare Meyer Iskowitz per due settimane e mezzo. Ma al contempo il suo senso di colpa aumentava, specialmente quando si sorprendeva a sperare di ricevere la notizia della morte di Iskowitz, che lo togliesse da quelle spine. La cosa è sicura comunque, ragionava, perché non dovrebbe sbrigarsi? Più indugia e più soffre, in fondo. Cioè, lo so, che è un discorso crudele, obiettava a se stesso, e lo so, sono un debole, ma c'è chi se la cava meglio, e chi peggio, in certe situazioni. Chi è tagliato e chi no. Visitare i moribondi... è deprimente, voglio dire. Come se non avessi già abbastanza rogne!

Ma la notizia della morte di Iskowitz non arrivava. Arrivarono invece solleciti dai compagni di poker, e il complesso di colpa aumentava.

"Oh! Non sei ancora andato a trovarlo? Dovresti, sai. Riceve così poche visite, e le apprezza talmente!"

"Sì, sì, a Lenny gli ha sempre voluto bene."

"Lo so che hai il tuo bel daffare, alla televisione, ma il tempo per Iskowitz dovresti trovarlo. Dopotutto, non gli resta mica molto."

"Ci vado domani," promise Mendel. Ma all'ultimo momento rinviò di nuovo. Alla fine, quando riuscì a mettere insieme abbastanza coraggio per una visitina di dieci minuti, si rese conto che lo faceva più per il bisogno di un'immagine di se stesso con cui convivere, che non per un qualche senso di amicizia o compassione verso Iskowitz. Sapeva bene che, se questi fosse morto senza che lui fosse andato a trovarlo, per paura o disgusto, avrebbe poi recriminato la sua vigliaccheria per sempre, irrimediabilmente. Mi odierò, se mi comporto da smidollato, disse fra sé, e gli altri si accorgeranno che non sono altro che un verme egocentrico. Invece, se andrò a trovare Iskowitz e mi comporterò da uomo, farò bella figura ai miei occhi e agli occhi del mondo. Fatto sta, però, che a spingerlo non era certo il bisogno di conforto e compagnia di Iskowitz.

Siamo qui a una svolta del racconto, poiché il nostro tema è la superficialità e quella di Lenny Mendel comincia ora a rivelarsi appieno. Una fredda sera di martedì, verso le sette e cinquanta (dimodoché non potesse trattenersi più di dieci minuti, anche volendo), Mendel ricevette la "targhetta" dalla portineria dell'ospedale, ed ebbe così accesso alla camera 1501 dove Meyer Iskowitz degeva. Era solo soletto e aveva un aspetto sorprendentemente decente, considerato lo stadio cui il male era giunto.

"Come va, Meyer?" domandò Mendel, moscio, restando a rispettosa distanza dal letto.

"Chi è? Mendel? Sei tu, Lenny?"

"Ho avuto un sacco da fare. Altrimenti sarei venuto prima."

"Oh, sei stato gentile a disturbarti. Sono contento di vederti."

"Come stai, Meyer?"

"Come sto? Sono in via di guarigione, Lenny. Tieni a mente le mie parole. L'avrò vinta."

"Certo, Meyer, senz'altro," disse Lenny Mendel, con voce fievole, per via della tensione. "Fra sei mesi tornerai a barare alle carte. Ah ah, no, sul serio, non hai mai barato." Tienti sul leggero, pensò Mendel, continua con le battutine. Trattalo come se non fosse moribondo, si disse, ricordando un consiglio che aveva letto in proposito da qualche parte. In quella cameretta surriscaldata, Mendel immaginava di inalare sciami e sciami di germi del cancro che emanavano da Iskowitz e si moltiplicavano rapidamente nell'aria afosa. "Ti ho portato un *Oggi* da leggere," disse, porgendo al malato la rivista.

"Siediti, accomodati. Dove corri? Sei appena arrivato," disse Iskowitz, con calore.

"Non corro mica. È solo che qui raccomandano di far visite brevi, per non affaticare i pazienti."

"E così, che c'è di nuovo?" chiese Meyer.

Rassegnato a chiacchierare tutto il tempo fino alle otto, Mendel accostò una sedia (ma non troppo) al capezzale e cercò di conversare di poker, di sport, di cronaca, di soldi, pur sempre impacciato perché conscio del fatto tremendo che, nonostante tutto il suo ottimismo, Iskowitz non sarebbe uscito vivo dall'ospedale. Mendel stava sudando, gli girava un po' la testa. Quel senso d'oppressione, la gaiezza sforzata, la presenza del male e la consapevolezza della propria mortale fragilità gli rendevano secca la bocca e rigido il collo. Non vedeva l'ora di andarsene. Erano già le otto e cinque, e nessuno veniva a cacciarlo. L'orario non veniva rispettato, le norme erano elastiche. Si dimenò sulla sedia, mentre Iskowitz parlava sottovoce dei vecchi tempi. Dopo altri cinque deprimenti minuti, a Mendel parve di essere lì lì per svenire. Poi, quando proprio credeva di non farcela più, avvenne un portento. L'infermiera, Miss Hill, ventiquattrenne, bionda, occhi azzurri, viso stupendo, corpo formoso e slanciato, entrò e, fissando Lenny Mendel con un caldo sorriso, gli disse: "L'orario di visite è finito. Mi dispiace, ma dovete salutarvi." Là per là Lenny Mendel, che non aveva mai visto una creatura più squisita in vita sua, si innamorò. Così, semplicemente. Rimase a bocca aperta, con l'aria tonta dell'uomo che ha finalmente posato lo sguardo sulla donna dei suoi sogni. Il cuore praticamente gli doleva, tanto intensa fu quella sensazione di bramosa nostalgia. Mio dio, pensò, è come in un film. Non c'era nessun dubbio: Miss Hill era assolutamente adorabile. Sexy e curvacea nella sua bianca uniforme, aveva grandi occhi e grosse labbra sensuali, zigomi alti, il seno perfettamente tornito. La sua voce era dolce e affascinante. Rassettando le lenzuola, canzonò bonariamente, protettiva e premurosa, l'ammalato. Infine prese il vassoio del cibo e se ne andò, soffermandosi solo per strizzare l'occhio a Lenny e bisbigliare: "È meglio che vada. Ha bisogno di riposo."

"Questa è la tua infermiera?" domandò Mendel a Iskowitz, quando la donna fu uscita.

"Miss Hill? È una nuova. Molto allegra. Mi piace. Mica acida come tante altre. Cordiale, e pure spiritosa. Be', sarà meglio che vai. È stato un piacere, vederti, Lenny."

"Sì. Anche per me, Meyer."

Mendel si avviò per il corridoio, come abbacinato, sperando di imbattersi in Miss Hill prima di arrivare all'ascensore. Invece non la vide da nessuna parte e, quando giunse in strada, all'aria fresca, era bell'e deciso a rivederla a ogni costo. Mio dio, pensò, percorrendo in taxi Central Park, diretto a casa, conosco attrici, conosco modelle... ed ecco un'infermiera che vale più di tutte le altre messe insieme. Perché non le ho rivolto la parola? Avrei dovuto attaccare discorso. Sarà sposata? No, no, se è *Miss* Hill. Avrei dovuto chiedere informazioni a Meyer. Certo, se è nuova... Seguitò a recriminare, pensando di aver sciupato chissà quali occasioni; ma poi si consolò pensando che, se non altro, sapeva dove lavorava, e poteva quindi sempre rivederla. Magari, pensò, sarà scema oppure stronza come tante belle donne dell'ambiente artistico. D'altro canto, se fa l'infermiera, vuol dire che i suoi interessi sono più profondi, più umanitari, meno egoistici. O magari, a conoscerla meglio, risulterà che non è altro che una portapadelle priva d'ogni fantasia. No! La vita non può essere crudele a tal punto. Si gingillò con l'idea di aspettarla all'uscita dell'ospedale, ma chissà a che ora staccava, a seconda dei turni. Inoltre, poteva pregiudicare tutto, abbordandola così.

Il giorno dopo tornò a trovare Iskowitz portandogli un libro intitolato *Grandi racconti sportivi*, che gli parve rendesse la visita meno sospetta. Iskowitz fu sorpreso e lietissimo di vederlo, ma Miss Hill non era di turno quella sera. Al suo posto, una virago a nome Miss Caramanulis che continuava a entrare e uscire dalla stanza. Mendel riusciva a stento a celare la sua delusione e cercò di mostrarsi interessato a ciò che Iskowitz veniva dicendo, senza riuscirci. Iskowitz, sotto blandi sedativi, non si accorse di quanto Mendel fosse distratto e ansioso di andar via.

Mendel tornò di nuovo il giorno dopo e trovò il celeste oggetto delle sue fantasie di servizio presso Iskowitz. Fece un po' di balbettante conversazione e, al momento di andarsene, riuscì a starle appresso per un tratto di corridoio e a origliare qualcosa d'un colloquio fra Miss Hill e una collega. Ne dedusse che la sua bella aveva un ragazzo e che le due infermiere andavano a teatro l'indomani. Dandosi un'aria disinvolta mentre aspettava l'ascensore, Mendel tese le orecchie per cercare di capire quanto seria fosse la relazione ma non riuscì a captare niente di preciso. Gli era parso tuttavia di udire la parola "fidanzato", sebbene non portasse anello al dito. Si sentì scoraggiato e immaginò che lei fosse l'amante adorata di qualche giovane medico, un brillante chirurgo magari, con cui condividesse molti interessi professionali. L'ultima visione che ebbe, mentre le porte dell'ascensore si serravano per portarlo a pianterreno, fu quella di Miss Hill che s'allontanava per il corridoio chiacchierando affabilmente con la collega e ancheggiando in maniera provocante; quindi udì la sua risata musicale trafiggere il tetro silenzio dell'ambiente. Doveva averla, pensò Mendel, divorato da bramosa passione, e devo stare attento a non far fiasco come tante altre volte in passato. Devo agire strategicamente. Senza bruciare le tappe, com'è il mio difetto. Nessuna precipitazione: devo prima informarmi bene sul suo conto. Sarà davvero meravigliosa come immagino che sia? E, in tal caso, fino a che punto sarà impegnata con l'altra persona? Se anche un altro non ci fosse, avrei forse qualche speranza? Se è libera, non vedo perché non potrei corteggiarla. O, se non lo è, potrei sempre portarla via a quell'altro. Parlarci, ridere, far valere quel tanto di intelligenza e spirito di cui sono dotato. Mendel si stava praticamente torcendo le mani come un principe mediceo, sbavando di voglia. La tattica logica è: vederla, con la scusa di Iskowitz, e, pian piano, senza forzare i tempi, trovare vari punti di contatto. Devo agire obliquamente. Il mio sistema di o-la-va-o-la-spacca mi ha già mandato in bianco troppe volte. Stavolta giocherò sui tempi lunghi.

Formulato questo piano, Mendel tornò ogni giorno a trovare Iskowitz. Il malato non riusciva a credere alla fortuna di avere un amico così affezionato. Mendel gli portava sempre un bel regalo, scelto con cura: di modo che gli facesse fare bella figura con Miss Hill. Fiori di pregio, una biografia di Tolstoj (la ragazza aveva accennato una volta al suo amore per *Anna Karenina*), le poesie di Wordsworth, del caviale. Iskowitz restava ogni volta di stucco. Odiava il caviale e ignorava Wordsworth. Comunque Mendel non arrivò al punto di portare a Iskowitz un paio di orecchini antichi, benché ne avesse visti alcuni che certo sarebbero molto piaciuti a Miss Hill.

Cotto com'era, Mendel approfittava d'ogni scusa per attaccar discorso con l'infermiera di Iskowitz. Sì, apprese, era fidanzata, ma però poco convinta. Il suo promesso sposo era un avvocato ma lei fantasticava di sposare un artista. Comunque Norman, il suo ragazzo, era alto e bruno e molto bello. Tale descrizione gettò Mendel, che non aveva sì vistosi attributi fisici, in uno stato di scoraggiamento. Seguitava però a strombazzare i suoi successi e a fare lo spiritoso con il morente Iskowitz a voce alta, perché Miss Hill lo udisse. Lui aveva la sensazione di far colpo ma, ogni volta che gli pareva di aver rafforzato la sua posizione, ecco lei attaccare a parlargli dei progetti che faceva con Norman. Quant'è fortunato quel Norman, pensava Mendel. Sta con lei tutto il tempo che vuole, ridono insieme, fanno progetti, lui preme le labbra su quelle di lei, le toglie l'uniforme da infermiera... chissà se la denuda completamente... Oh dio! Mendel sospirava, volgendo gli occhi al cielo e scuotendo la testa, avvilito.

"Non ha idea quanto fanno bene le sue visite a Mister Iskowitz," disse un giorno l'infermiera a Mendel, con un delizioso sorriso, che lo mandò su di giri. "Non ha famiglia, e gli altri suoi amici non hanno mai tempo. La mia teoria è, però, naturalmente, che ben pochi hanno tanta compassione o coraggio da far assiduamente compagnia a un malato incurabile. La gente lo cancella dalla lista e preferisce non pensarci più. È per questo che trovo... ehm... magnifico il suo comportamento."

La notizia dell'assiduità di Mendel presso Iskowitz si diffuse, e lui adesso era molto benvoluto dagli amici, al pokerino settimanale.

"Quel che fai è davvero meritorio," gli disse Phil Birnbaum, durante una partita. "Meyer mi dice che nessuno va a trovarlo tanto spesso, e anzi gli pare che ti metti in ghingheri, per l'occasione."

Mendel stava pensando, in quel momento, alle cosce di Miss Hill. Non riusciva a levarsela dalla mente.

"E così, come va? Si fa coraggio?" domandò Sol Katz.

"Chi, coraggio?" chiese Mendel, trasognato.

"Come chi? Di chi parliamo? Il povero Meyer."

"Oh, ehm... sì, sì. Molto coraggio, sì," disse Mendel, senza neanche accorgersi che aveva un full servito.

Passavano i giorni, e Iskowitz deperiva sempre più. Una volta, allo stremo delle forze, guardò Mendel in piedi accanto al letto e mormorò: "Lenny, ti voglio bene. Veramente." Mendel gli prese una mano e gli disse. "Grazie, Meyer. Senti, non è venuta oggi Miss Hill? Eh? Non potresti parlare un po' più forte? Non capisco." Iskowitz annuì, debolmente. "Ah, è venuta stamattina," disse Mendel. "Di che avete parlato? Nessun accenno a me?"

Mendel non aveva osato buttarsi, con Miss Hill, poiché si trovava in una situazione imbarazzante: non voleva pensasse che lui avesse dei secondi fini.

A volte, la prossimità della morte induceva il malato a filosofare. E allora se ne usciva in discorsi come questo: "Siamo qui, non sappiamo perché. È finita prima ancora che ci si renda conto di cos'è che ci ha colpito. Il trucco è godersi il momento. Essere vivi è essere felici. Eppure sono convinto che Dio esiste e quando mi guardo intorno e vedo il sole inondare la stanza coi suoi raggi o le stelle sbucar fuori la sera, so che Lui un disegno ce l'ha, alla fin fine... e che è buono."

"Giusto, giusto," biascicava Mendel. "E Miss Hill? Fila sempre con Norman? Sei riuscito a saperla, quella cosa che t'ho chiesto? Se la vedi, domani, quando vengono a farti gli esami, vedi un po' di scoprirlo."

Un giorno piovoso d'aprile Iskowitz morì. Prima di spirare disse ancora una volta a Mendel che gli voleva bene e che i suoi riguardi per lui, in quegli ultimi mesi, erano stati l'esperienza più profonda e commovente che avesse mai fatta con un altro essere umano. Due settimane dopo Miss Hill ruppe con Norman, e Mendel prese a uscire con lei. Il loro idillio durò circa un anno, poi ognuno andò per proprio conto.

"Niente male come storia," disse Moscowitz, quando Koppelman ebbe finito di raccontare della superficialità di Lenny Mendel. "Sta a dimostrare come certa gente non vale proprio nulla."

"Non direi," ribatté Jake Fishbein. "Nient'affatto. La storia dimostra che l'amore per una donna fa superare a un uomo la paura della morte, sia pure per un po'."

"Ma che dici!" interloquì Abe Trochman. "Il succo del racconto è che un moribondo diventa il beneficiario dell'amore di un amico per una donna."

"Ma non erano amici," obiettò Lupowitz. "Mendel ci andò per obbligo, a trovarlo. E poi ci tornò per un suo secondo fine."

"Che differenza fa?" disse Trochman. "Iskowitz muore con i conforti dell'amicizia. Questa certo è un pretesto, per Mendel, invaghito della bella infermiera, ma... e con ciò?"

"Invaghito soltanto, tu dici? Può darsi che Mendel, nonostante la sua superficialità, provasse amore, vero amore, per la prima volta in vita sua."

"E dov'è la differenza?" disse Bursky. "Chi se ne frega del succo della storia? Ammesso che ce l'abbia, una morale. È un aneddoto divertente, e tanto basta. Ordiniamo qualcosa."

# LA DOMANDA

*(Il seguente è un atto unico basato su un episodio della vita di Abramo Lincoln. L'episodio può essere vero, o non esserlo. L'importante è che io mi sono annoiato, a scriverlo.)*

## I

(LINCOLN, *con fanciullesca impazienza, fa cenno al suo addetto stampa* GEORGE JENNINGS *di entrare.*)

JENNINGS:   Mi avete mandato a chiamare, Mister Lincoln?

LINCOLN:   Sì, Jennings. Entrate. Sedete.

JENNINGS:   E dunque, Mister Lincoln?

LINCOLN *(senza riuscire a frenare un sorriso)*:   M'è venuta un'idea. Vorrei discuterne.

JENNINGS:   Senz'altro, signore.

LINCOLN:   La prossima volta che riunisco i signori della stampa...

JENNINGS:   Ebbene?

LINCOLN:   Quando li inviterò a farmi domande...

JENNINGS:   Sì, signor presidente?

LINCOLN:   Alzate una mano e chiedetemi: "Signor presidente, quanto dovrebbero essere lunghe, secondo voi, le gambe di un uomo?"

JENNINGS:   Chiedo scusa?

LINCOLN:   Mi domandate quanto credo che le gambe di un uomo debbano essere lunghe.

JENNINGS:   Posso chiedervi perché, signore?

LINCOLN:   Perché? Perché ho pronta un'ottima risposta.

JENNINGS:   Ottima?

LINCOLN:   Abbastanza lunghe da arrivargli a terra.

JENNINGS:   Scusatemi?

LINCOLN:   Abbastanza lunghe da arrivargli a terra. Ecco la mia risposta! Capito? Quanto lunghe dovrebbero essere le gambe di un uomo? Abbastanza da arrivare a terra.

JENNINGS:   Capisco.

LINCOLN:   Non vi pare spiritoso?

JENNINGS:   Posso essere sincero, signor presidente?

LINCOLN (*seccato*):   Be', oggi ho fatto ridere tutti.

JENNINGS:   Davvero?

LINCOLN:   Assolutamente. Ero con i miei ministri e alcuni amici, e un uomo a un certo punto mi domanda quanto sopra e io gli sparo quella mia risposta e tutti si sganasciano dal ridere.

JENNINGS:   Posso chiedervi in quale contesto, signore, la domanda vi venne posta?

LINCOLN:   Prego?

JENNINGS:   Stavate discutendo di anatomia? Il tizio era un chirurgo o uno scultore?

LINCOLN:   Oh, be', no, ehm, non credo. No, no: un contadino, mi pare.

JENNINGS:   Perché mai lo voleva sapere?

LINCOLN:    Mah! Chissà! Si trattava di un tale che aveva chiesto udienza, urgentemente.

JENNINGS (*preoccupato*):    Capisco.

LINCOLN:    Jennings, siete impallidito.

JENNINGS:    Una domanda piuttosto strana.

LINCOLN:    Sì, ma la mia risposta ha fatto ridere. È stata fulminea.

JENNINGS:    Nessuno può negarlo, Mister Lincoln.

LINCOLN:    Una grossa risata. L'intero governo, a scompisciarsi.

JENNINGS:    E quell'uomo cos'ha ribattuto?

LINCOLN:    Grazie tante, e se n'è andato.

JENNINGS:    Non gli avete chiesto perché volesse saperlo?

LINCOLN:    A esser franco, ero troppo compiaciuto della mia risposta. Lunghe abbastanza da arrivare a terra. M'è venuta di getto, così, fulmineamente.

JENNINGS:    Sì, lo so. Solo che... be', questa faccenda mi ha impensierito.


II


(LINCOLN *e* MARY TOOD *in camera da letto, nel cuore della notte. Lei sotto le coltri, lui passeggia nervoso su e giù.*)


MARY:    Vieni a letto, Abe. Che ti rode?

LINCOLN:    Quell'uomo di oggi. Quella strana domanda. Non riesco a levarmela di mente. Jennings ha suscitato un vespaio.

MARY:    Lascia perdere, Abe.

LINCOLN:    Magari ci riuscissi! Ma quegli occhi spiritati... imploranti... Cosa può averlo spinto...? Ho bisogno di bere.

MARY:    No, Abe.

LINCOLN:    Sì.

MARY:   No, ho detto. Sei nervoso in questi ultimi tempi. È per via di questa maledetta guerra civile.

LINCOLN:   No, no, macché guerra. È che non ho considerato il lato umano della cosa. Ho pensato soltanto a sparare una battuta spiritosa. E così una questione complessa mi è sfuggita, per far ridere il consiglio dei ministri. Mi odiano, comunque.

MARY:   Invece ti amano, Abe.

LINCOLN:   Sono vanitoso. Però è stata fulminante.

MARY:   D'accordo, una risposta spiritosa. Lunghe abbastanza da arrivargli al busto.

LINCOLN:   Da arrivargli a terra.

MARY:   No, al busto, gli hai detto.

LINCOLN:   Macché! Non farebbe mica ridere.

MARY:   Per me fa ancora più ridere, così.

LINCOLN:   Trovi?

MARY:   Ma certo.

LINCOLN:   Mary, non ti rendi conto!

MARY:   L'immagine di un paio di gambe che arrivano al busto...

LINCOLN:   Lascia perdere. Il whisky, dov'è?

MARY (trattenendo la bottiglia):   No, Abe. Non bere, stasera. Non lo permetterò.

LINCOLN:   Mary, cosa ci è successo? Ci si divertiva tanto!

MARY (tenera):   Vieni qui, Abe. C'è la luna piena, stasera. Come quando ci incontrammo.

LINCOLN:   No, Mary. La luna era al primo quarto, quella sera.

MARY:   Era piena.

LINCOLN:   Al primo quarto.

MARY:   Piena.

LINCOLN:   Vado a controllare sull'almanacco.

MARY:   Oh, dio, lascia perdere, Abe!

LINCOLN:   Scusami!

MARY: È per via di quella domanda? Delle gambe? Non riesci a darti pace?

LINCOLN: Cosa avrà voluto dire?


## III


(*La capanna di Will Haines.* HAINES *arriva dopo una lunga cavalcata. Sua moglie* ALICE *depone il cesto da lavoro e gli corre incontro.*)


ALICE: Ebbene, gliel'hai chiesta, la grazia? Verrà graziato Andrew?

HAINES (*fuori di sé*): Oh, Alice, ho fatto una tale stupidaggine!

ALICE (*amara*): Cosa? Non dirmi che non grazierà nostro figlio!

HAINES: Non gliel'ho neppure chiesto.

ALICE: Coooosa? Non gliel'hai neppure chiesto?

HAINES: Non so cosa m'ha preso. Lui era là... il presidente degli Stati Uniti... circondato da gente importante. I ministri, i suoi amici. E qualcuno gli ha detto: Mister Lincoln, quest'uomo è venuto da molto lontano, per parlarvi. Deve farvi una domanda. Io me l'ero preparata e, per tutto il viaggio, non avevo fatto altro che ripeterla: "Mister Lincoln, signore, nostro figlio Andrew ha commesso un errore. Sì, certo, è grave, me ne rendo conto, addormentarsi durante il turno di guardia, ma metterlo a morte per questo mi sembra una crudeltà. Signor presidente, signore, non potreste commutare la sentenza?"

ALICE: Frase ben congegnata, senz'altro.

HAINES: E invece, chissà perché, con tutti gli occhi fissi su di me, quando il presidente mi fa: "Ebbene, cos'avete da chiedermi?" Io... io gli dico: "Mister Lincoln, quanto dovrebbero essere lunghe, secondo voi, le gambe di un uomo?"

ALICE: Cosa?

HAINES: Proprio così. Questa qui, la mia domanda. Non so come m'è venuta. Quanto lunghe dovrebbero essere, secondo voi, le gambe di un uomo?

ALICE: Ma che razza di domanda è mai questa?

HAINES: Non lo so neanch'io, ti dico.

ALICE: Le gambe di un uomo? Lunghe quanto?

HAINES: Oh, perdonami, Alice!

ALICE: Quanto lunghe dovrebbero essere le gambe di un uomo? È la domanda più cretina che abbia mai sentito!

HAINES: Lo so, lo so! Non continuare a dirmelo.

ALICE: Ma perché la lunghezza delle gambe? Voglio dire, le gambe non sono un argomento che t'interessi particolarmente!

HAINES: Mi girava la testa. Annaspavo alla ricerca di parole. Non ricordavo più la domanda che m'ero preparato. L'orologio scandiva i secondi. Non potevo restar lì muto, imbambolato.

ALICE: E Lincoln? Ti ha detto qualcosa? Ti ha risposto?

HAINES: Sì. Mi ha detto: "Lunghe abbastanza da arrivargli a terra."

ALICE: Lunghe abbastanza da arrivare a terra? Cosa diavolo vuol dire?

HAINES: Chi lo sa! Ma tutti sono sbottati a ridere. Certo, è gente ben disposta verso il capo, quella là.

ALICE (*con uno scatto improvviso*): Forse tu non lo volevi veramente, che Andrew fosse graziato!

HAINES: Cosa?

ALICE: Forse dentro di te, nel profondo, non vuoi che tuo figlio abbia salva la vita. Sei magari geloso di lui.

HAINES: Tu sei pazza. Io... io geloso di lui?

ALICE:   Perché no? Lui è più forte. È più bravo di te a maneggiare la vanga e la scure e la zappa! Lui ha amore per la terra, più di chiunque altro abbia mai visto.

HAINES:   Basta! Smettila!

ALICE:   Siamo franchi: tu, William, come agricoltore fai schifo.

HAINES (*tremante di paura*):   Sì, lo ammetto! Odio e detesto lavorare la terra! Le sementi per me sono tutte uguali. E poi il terreno! Non distinguo il letame dal fango. Tu che vieni dall'est... che hai frequentato scuole signorili... ridi di me! Ti fai beffe di me! Semino rape e crescono fagioli. Credi che questo non incida sul morale di un uomo?

ALICE:   Se soltanto ci attaccassi un cartellino, sui sacchetti di sementi, non ti succederebbe di sbagliare.

HAINES:   Voglio morire! Tutto mi crolla intorno!

(*Bussano alla porta.* ALICE *va ad aprire. Sulla soglia compare nientemeno che* ABRAMO LINCOLN. *È stravolto, ha gli occhi rossi.*)

LINCOLN:   Mister Haines?

HAINES:   Signor presidente...

LINCOLN:   Quella vostra domanda...

HAINES:   Lo so, lo so... Che stupidaggine, da parte mia. Non capivo più niente, ero nervoso.

(HAINES *cade in ginocchio, piangendo. Anche* LINCOLN *piange.*)

LINCOLN:   Dunque, avevo ragione. Era un *non sequitur*.

HAINES:   Sì, signore. Perdonatemi!

LINCOLN (*piangendo senza ritegno*):   Vi perdono. Tiratevi su. Vostro figlio riceverà la grazia, oggi stesso. Così pure verranno perdonati tutti i ragazzi che hanno commesso uno sbaglio.

(*Abbraccia i coniugi Haines.*) Quella vostra stupida domanda mi ha indotto a un esame di coscienza. Ho riveduto tutta la mia vita. Vi sono grato, per questo, e vi amo.

ALICE:    Anche noi abbiamo fatto alcune revisioni, Abe. Posso chiamarvi così?

LINCOLN:    Ma sì, certo, perché no? Non avete niente da mettere sotto i denti, ragazzi? A uno che viaggia per miglia e miglia, offrite almeno qualcosa da mangiare.

(*Mentre attaccano a mangiar pane e formaggio cala il sipario.*)

# CRITICA D'ARTE CULINARIA

(*La recensione del "Fabrizio's Villa Nova Restaurant", sulla Seconda Avenue, dovuta alla penna dell'argutissimo critico culinario Fabian Plotnick, e apparsa su uno dei più stimolanti giornali d'America, ha suscitato un vespaio di polemiche. Riportiamo qui sia la discussa recensione che gli accesi interventi.*)

La pastasciutta come espressione del farinaceo italiano neorealistico è ben intesa da Mario Spinelli, capocuoco del "Fabrizio's". Spinelli impasta la pasta con estrema lentezza. Provoca in tal modo un aumento di tensione fra gli avventori, che attendono sbavando. Le sue fettuccine, sebbene al dente fin quasi al limite della provocazione, devono molto peraltro al Barzino, il cui uso delle tagliatelle come strumento di critica sociale è noto a tutti. Ma, laddove al "Barzino's" il cliente viene indotto ad aspettarsi lasagne bianche — e le riceve — viceversa qui al "Fabrizio's" gli si servono lasagne verdi. Perché mai? Sembra così gratuito! Come avventori, la novità ci coglie di sorpresa. Quindi non ci diverte, quella verde matassa sul piatto. È, anzi, sconcertante al di là delle intenzioni dello chef.

Le linguine, d'altro canto, sono proprio deliziose e per niente didascaliche. È vero, vi si coglie un sostrato marxista, ma è ben camuffato dal sugo. Spinelli fu per anni un fervente comunista italiano, e ottenne a suo tempo un enorme successo con un suo compromesso culinario fra tortellini in bianco e agnolotti al sugo rosso.

Ho cominciato con un antipasto, che lì per lì mi parve senza scopo, ma poi, osservando le acciughette più da vicino, ne ho colto il recondito senso. Lo Spinelli vuol in questo suo antipasto rappresentare la multiforme totalità della vita, e quelle olive nere stanno là come angoscianti *memento mori*? Ma allora, perché mai manca il sedano? Si tratta di una deliberata omissione? Al "Jacobelli's" l'antipasto consiste in solo sedano (sedano assoluto). Ma Jacobelli è un estremista. Intende richiamare la nostra attenzione sull'assurdo della vita. Chi può dimenticare i suoi scampi senza scampo: quattro gamberi agliatissimi disposti in modo tale da dirla assai più lunga, sulla sporca guerra in Vietnam, di tanti e tanti libri su questo argomento? Che furore, e che scandalo, a suo tempo! Oggi quello sembra un piatto da educande, però, accanto alla Piccata e Fuga' di Gino Finocchi del "Gino's Vesuvio Restaurant": una trancia di vitello, lunga quasi due metri, guarnita con un fiocco di luttuoso chiffon. (Finocchi lavora assai meglio sul manzo che non sul pesce o pollo, e ci ha molto sorpreso che il *Time* non lo citi nel servizio dedicato a Robert Rauschenberg.) Spinelli, a differenza di questi chef d'avanguardia, non si spinge però quasi mai fino in fondo. Esita spesso, e ciò fa sì, nel campo dei gelati, che i suoi spumoni arrivino al tavolo in stato di avanzato squagliamento. Si colgono incertezze, nello stile di Spinelli: specie nel trattamento degli spaghetti alle vongole. (Prima di andare in analisi, le conchiglie atterrivano Spinelli. Una vera fobia. Fatto sta che, agli esordi, ricorreva spesso a "surrogati di mollusco" usando olivette, sottaceti, noccioline americane e perfino, prima del crollo, pezzettini di gomma per cancellare.)

Un bocconcino prelibato, al "Fabrizio's", è la parmigiana di pollo disossato, capolavoro di Spinelli. Il titolo è ironico poiché, anzi, il Nostro rimpinza il suo pollo di ossi supplementari, quasi a dire che la vita non va trangugiata ma spolpata con estrema cautela. Il costante rosicchio, l'estrazione di quegli ossi dalla bocca e il loro tintinnio sull'orlo del piatto, danno al pasto un bizzarro effetto sonoro. Si pensa a Webern, nume tutelare della cucina di Spinelli. Robert Craft, in un saggio su Stravinskij, fa un interessante accenno all'influenza di Schoenberg sulle insalate miste spinelliane e, al contempo, rileva l'influenza di un pasticcio di quaglie di Spinelli sull'*Uccello di fuoco* di Stravinskij. Cronologia a parte, sta di fatto che il suo minestrone resta un valido esempio di cucina atonale. Zeppo com'è di nerbetti e gnocchetti e tocchetti di cotica dura, costringe il fruitore a produrre rumori con la bocca, mentre l'ingerisce. La composizione del manicaretto è tale che codesti rumori si ripetono in ordine seriale. La prima sera che misi piede al "Fabrizio's", due avventori, un giovane magro e un uomo grasso, stavano sorbendo questa zuppa all'unisono, e gli effetti dodecafonici che seppero trarne gli valsero un applauso a scena aperta. Per dessert, ci fu servita una cassata alla Tortoni (dal nome del celebre *restaurateur* parigino dell'Ottocento) che a me fece pensare a quel noto apoftègma del Leibniz: "Le monadi non hanno finestre." Quanto a proposito! I prezzi del "Fabrizio's", come ebbe a dirmi Hannah Arendt una sera, sono "ragionevoli senza essere storicamente inevitabili". D'accordo.


Signor Direttore,

le osservazioni di Fabian Plotnick sul "Fabrizio's Villa Nova Restaurant" non mancano di acume e perspicuità. Egli omette però, nella sua penetrante analisi, di dar risalto al fatto che il

"Fabrizio's", pur essendo a gestione familiare, non si conforma alla classica struttura di tali trattorie casarecce italiane, bensì, cosa molto curiosa, si modella sul nucleo domestico dei ceti medi gallesi, nei distretti minerari, in epoca anteriore alla Rivoluzione industriale. I rapporti intercorrenti fra Fabrizio e sua moglie e i suoi figli sono paleocapitalistici. I costumi sessuali degli sguatteri, dei cucinieri e, in particolare, della cassiera sono di tipico stampo vittoriano. Le condizioni di lavoro rispecchiano, anch'esse, problemi aziendali britannici. I camerieri per esempio servono, anche per otto o dieci ore al giorno, con al braccio, salviette non conformi alle vigenti norme per la sicurezza sul lavoro.

David Rapkin

Signor Direttore,
nella sua recensione al "Fabrizio's Villa Nova Restaurant", Fabian Plotnick definisce "ragionevoli" i prezzi. Ma definirebbe forse "ragionevoli" i *Quattro quartetti* di Eliot? Il ritorno di Eliot a una fase primitiva del Logos rispecchia una sua concezione del mondo. Ma, andiamo! far pagare 8 dollari e 50 una porzione di crocchette di pollo! Non ha alcun senso, neppure in un contesto cattolico. Si legga, il signor Plotnick, il mio articolo su *Encounter* (n. 2 del 1958) intitolato "Eliot, la reincarnazione e la zuppa di pesce".

Eino Schmeederer

Signor Direttore,
ciò di cui Plotnick non tiene conto, nella sua esegesi delle fettuccine di Mario Spinelli è, naturalmente, l'entità delle porzioni o, per dirla più alla buona, la quantità delle tagliatelle. Vi sono, ovviamente, tante lasagne dispari quante lasagne pari-e-dispari insieme, in un piatto. Ciò, è chiaro, è un paradosso. La logica — se

vogliamo applicarla alla linguistica — non consente al Plotnick di usare la parola "fettuccine" con alcuna accuratezza. Le fettuccine stesse diventano un simbolo. Mi spiego. Diciamo fettuccine = x. Allora $a = x/b$ (in cui $b$ rappresenta una costante uguale alla metà di ogni porzione). In base a tale logica, si dovrebbe affermare: le fettuccine *sono* pappardelle. Ridicolo. Non si può quindi asserire "Le fettuccine sono squisite". Bensì si dovrà dire: "Fettuccine e pappardelle non sono rigatoni." Come Gödel ha detto e ripetuto: "Ogni cosa va tradotta in un calcolo logico prima di venir mangiata."

Prof. Word Babcocke

*Massachusetts Institute of Technology*

Signor Direttore,

ho letto con grande interesse la recensione di Fabian Plotnick al "Fabrizio's Villa Nova", e trovo che è un ennesimo vistoso esempio di revisionismo storicistico. Come abbiamo fatto presto a dimenticare che, durante il periodo più nero delle purghe staliniane, il "Fabrizio's" non solo restò aperto, ma ampliò la sala interna per accogliere un maggior numero di avventori! Nessuno, là, parlava della repressione politica in URSS. Anzi, quando il Comitato pro-dissidenti sovietici inviò al "Fabrizio's" una petizione affinché depennasse gli gnocchi dal menù fino a quando i russi non avessero liberato Grigorij Tomscinskij, il noto cuoco trotzkista da tavola calda, il "Fabrizio's" rifiutò. Tomscinskij a quell'epoca aveva già compilato un ricettario di diecimila pagine, che gli fu sequestrato dalla NKVD.

"Per aver procurato bruciori di stomaco a un minorenne": questa fu la patetica scusa con cui il tribunale sovietico inflisse i lavori forzati a Tomscinskij. Dov'erano, allora, tutti i cosiddetti intellettuali del "Fabrizio's"? La guardarobiera Tina non levò alcuna protesta, allorché tante guardarobiere, da ogni parte dell'Unione Sovietica, venivano prelevate dalle loro case e costrette a guardare la roba dei gerarchi stalinisti. Si ricorderà altresì che, quando dozzine di medici russi furono accusati di mangiare troppo, molti ristoranti chiusero in segno di protesta i battenti, ma il "Fabrizio's" restò aperto e, anzi, istituì la prassi di servire un amaro gratuito alla fine del pasto. Io stesso cenavo talvolta al "Fabrizio's" negli anni trenta e potei constatare che era un covo di protervi stalinisti, che servivano di soppiatto un piatto di *blinčiki* all'ignaro avventore che aveva ordinato fusilli. È assurdo, ora, dire che i clienti perlopiù non sapevano cosa avvenisse in cucina. Se uno ordinava pasta-e-ceci e vino rosso e si vedeva arrivare *šči* e *kvass*, era chiaro, direi, cosa avvenisse! Fatto sta che quegli intellettuali preferivano, semplicemente, far finta di non accorgersi di nulla. Una sera cenai al "Fabrizio's" con l'esimio professor Gideon Cheops. Gli fu ammannito un tipico mangiare da mugico: zuppa di cavoli, *borš* e *pirožki*. Ebbene, quale fu il suo commento, leccandosi le labbra? "Deliziosi questi spaghetti, non trovi?"

Prof. Quincy Mondragon

*New York University*


Le risposte di Fabian Plotnick:

Il signor Schmeederer dà prova di non intendersi né di conti del trattore né dei *Quattro quartetti*. Eliot stesso riteneva che dollari 8 e 50 per una porzione abbondante di buone crocchette di pollo (cito da un'intervista sulla *Partisan Review*) non fosse "un prezzo esorbitante". Anzi, in "Recuperi secchi", attribuisce tale giudizio a Krishna, seppure non con queste precise parole.

Sono grato a David Rapkin per le sue osservazioni sul diritto di famiglia, e anche al professor Babcocke per la sua penetrante analisi semiologica, quantunque io metta in dubbio la sua equazione e suggerisca, piuttosto, il modello seguente:

a) alcune pastasciutte sono lasagne

b) le lasagne non sono spaghetti

c) gli spaghetti non sono pastasciutta, ergo tutti gli spaghetti sono lasagne.

Wittgenstein ricorse al suddetto modello per dimostrare l'inesistenza di Dio, e più tardi Bertrand Russell se ne servì per dimostrare che non solo Dio esisteva ma trovava Wittgenstein un po' scarsino.

Infine, al professor Mondragon, vorrei far notare che, sebbene Spinelli lavorasse al "Fabrizio's" negli anni trenta, torna senz'altro a suo credito il fatto che, quando l'infame Comitato per le attività antiamericane esercitò su lui forti pressioni affinché sostituisse, sul menù, al "prosciutto e melone", un più (politicamente) anodino "prosciutto e fichi", lui ricorse alla corte suprema e l'indusse a emanare una sentenza ormai famosa: "Gli antipasti hanno diritto alla piena protezione in base al Primo Emendamento."

# IL GIUDIZIO DIVINO

Che Connie Chasen contraccambiasse la fatale attrazione che provai per lei a prima vista è un miracolo senza precedenti nella storia di Central Park West. Alta, bionda, formosa, attrice, intellettuale, sirena, inequivocabilmente alienata, spiritosa — il fascino del suo cervello era pari soltanto al voluttuoso e snervante erotismo che emanava da ogni sua curva: era insomma l'incarnato desiderio di ogni uomo presente a quel party. Che prescegliesse me, Harold Cohen, magro, gracile, nasuto, ventiquattrenne drammaturgo in erba, lagnosissimo, era un controsenso, un *non sequitur*, caso raro quanto otto gemelli. D'accordo, ho la freddurina pronta e riesco a mantener viva la conversazione su una vasta gamma di argomenti; tuttavia restai stupito quando quella superba creatura dimostrò tanta istantanea simpatia per i miei modestissimi attributi.

"Ti trovo adorabile," mi disse, dopo un'ora che stavamo chiacchierando, appoggiati a una libreria, a buttar giù tartine e Valpolicella. "Spero che mi telefonerai, qualche volta."

"Telefonarti? Mi andrebbe di accompagnarti a casa subito."

"Buona idea," squittì. "Non credevo neanche di piacerti."

Mi diedi un fare disinvolto, mentre il sangue mi scorreva tumultuoso nelle arterie, verso mete prevedibili. Arrossii, vecchio vizio.

"Mi fai l'effetto della dinamite, altroché," dissi. Al che divenne ancor più incandescente.

In realtà ero del tutto impreparato a un fulmineo successo del genere. Le mie *avances*, stimolate dal vino, non miravano ad altro, veramente, che a preparare il terreno per incontri futuri; di modo che, quando avessi accennato alla camera da letto, discretamente, in un secondo tempo, l'allusione non venisse a ciel sereno sconvolgendo, mettiamo, un rapporto divenuto frattanto tragicamente platonico. Invece, per cauto, complessato e apprensivo che fossi, avevo fatto centro al primo colpo. La notte era mia. Connie Chasen e io eravamo, innegabilmente, presi l'uno dell'altra; e appena un'ora dopo, eccoci a eseguire fra le coltri, con trasporto e abbandono, l'assurda coreografia del piacere carnale. Per me, fu la notte di sesso più stimolante e soddisfacente che avessi mai trascorso; e, finito il balletto, mentre la stringevo fra le braccia, rilassata e satolla, cominciai subito a chiedermi in che modo il Destino me l'avrebbe fatta, inevitabilmente, scontare. Sarei diventato cieco? O paraplegico? Quale fio, quale scotto, avrebbe dovuto pagare, Harold Cohen, affinché si ristabilisse l'armonia dell'universo? Tutto questo però era di là da venire.

Il mese seguente non fece una grinza. Connie e io ci esplorammo a vicenda e traemmo diletto da ogni nuova scoperta. Era sveglia, eccitante e corresponsiva; la sua fantasia era fertile e le sue citazioni erudite; di vasta e variata cultura, era in grado di dissertare su Novalis e sul Rig-Veda. Sapeva a memoria le parole di tutte le canzoni di Cole Porter. A letto era disinibita e sperimentale, una vera figlia del futuro. Per trovarle dei difetti, bisognava proprio andare a cercare il pelo nell'uovo. D'accordo, talvolta era piuttosto capricciosa. Al ristorante cambiava idea, inevitabilmente, dopo aver già ordinato da un pezzo. E, inevitabilmente, si arrabbiava quando le facevo notare che non era tanto bello nei confronti del cameriere e dello chef. Inoltre, cambiava dieta un giorno sì e uno no, impegnandosi in una totalmente per poi abbandonarla di lì a poco in favore di un'altra teoria dimagrante, ultimo grido. Non che fosse grassa. Al contrario! Aveva un corpo da far invidia a una modella di *Vogue* e, tuttavia, un complesso di inferiorità degno di quello di Franz Kafka la portava a parossismi di feroce autocritica. A sentir lei, era una cicciona buonannulla, un'illusa, ch'era inutile che si ostinasse a voler fare l'attrice, e tanto meno a recitare Čechov. Io cercavo di rassicurarla, con modesti risultati, ed ero prodigo di incoraggiamenti, quantunque avvertissi che se la mia ammirazione ossessiva non bastava a convincerla di quanto fosse desiderabile, di corpo e di cervello, nessun discorso l'avrebbe convinta.

La nostra storia, meravigliosamente romantica, durava da circa sei settimane quando, un giorno, la sua insicurezza di fondo venne a galla. I suoi genitori davano un *barbecue*, nella loro villa nel Connecticut, e io ero invitato. Così finalmente avrei conosciuto la sua famiglia.

"Papà è in gamba," disse in tono adorante, "e un gran bell'uomo. La mamma è bellissima. E i tuoi?"

"Belli proprio, non direi," le confessai. In effetti, non avevo una grande opinione dei miei familiari, sul piano fisico. Tendevo a paragonare i parenti da parte di mia madre a quegli esseri che di solito si coltivano sotto vetro, in batteriologia. Insomma ero severo nei confronti dei miei, ci si sfotteva sempre, si litigava di continuo, ma eravamo molto uniti. Mai che fosse uscito un complimento dalle labbra di nessuno di loro. Mai, da quando ero al mondo; anzi, forse dai tempi del patto di Abramo con Dio.

"I miei non bisticciano mai," disse Connie. "Bere, bevono, ma sono molto educati. Danny è molto carino." Suo fratello. "Cioè, è strano ma dolce. Scrive musica."

"Non vedo l'ora di conoscerli."

"Spero che non caschi ai piedi di mia sorella."

"Figurarsi."

"Lindsay ha due anni meno di me. È molto intelligente, molto sexy. Impazziscono tutti per lei."

"Impressionante," dissi. Connie mi accarezzò il viso.

"Spero che non ti piaccia più di me," disse, in tono semiserio, dando voce così, graziosamente, a una vera paura.

"Sta' tranquilla," le dissi, rassicurante.

"Sul serio? Prometti?"

"Promesso. C'è competitività fra di voi?"

"No. Ci vogliamo bene veramente. Ma Lindsay ha un viso d'angelo e un bel corpo, molto sexy. Ha preso da mamma. E poi ha un quoziente d'intelligenza altissimo e uno spiccato senso dell'umorismo."

"Tu sei bellissima," le dissi, e la baciai. Ma devo confessare che, per tutta quella giornata, non feci che fantasticare su Lindsay Chasen, ventunenne. Gran dio, pensavo, e se fosse davvero irresistibile? Se perdessi la testa, per questa ragazza prodigio? Deboluccio come sono, potrebbe anche darsi che il dolce profumo e il riso argentino di una bianca-anglosassone-protestante del Connecticut a nome Lindsay (Lindsay, poi!) riescano a farmi scordare il fascino di Connie, e l'impegno, peraltro vago, che ho con lei, per indurmi in novelli peccati. Dopotutto, conoscevo Connie da sei settimane soltanto e, quantunque stessi magnificamente con lei, non ne ero follemente innamorato, non ancora. Però Lindsay, mi dissi, dovrebbe essere proprio favolosa, per far passare in secondo piano la tempesta di baci e risate che ha fatto, di questo mese e mezzo, un paradiso di vorticose voluttà.

Quella sera feci l'amore con Connie, ma poi fu Lindsay a introdursi furtiva nei miei sogni. Dolce piccola Lindsay, adorabile dotta fanciulla dal viso di diva e dal fascino d'una principessa. Mi giravo e rigiravo nel letto. Nel mezzo della notte mi svegliai in preda a una strana eccitazione, strani presentimenti.

La mattina seguente tali fantasie si dileguarono e, dopo colazione, Connie e io partimmo per il Connecticut portando vino e fiori. Percorrendo in macchina il paesaggio autunnale, ascoltammo Vivaldi alla radio e conversammo di letteratura e turismo. Di nuovo, in prossimità della villa dei Chasen, a Lyme, mi chiesi se davvero mi avrebbe stregato, quella formidabile sorella minore.

"C'è anche il ragazzo di Lindsay?" domandai, per sondare il terreno, con voce falsata da un senso di colpa.

"Si sono lasciati da poco," disse Connie. "Lindsay ne cambia uno al mese. È una rubacuori."

Ehm, pensai, oltre tutto la ragazza è disponibile. Sarà davvero più eccitante di Connie? Difficile crederlo, ma non intendevo escludere nessuna eventualità. Ero pronto a tutto, dunque, tranne a quello che avvenne poi realmente quel sereno, frizzante pomeriggio di domenica.

Connie e io ci aggregammo al *barbecue*. Si faceva baldoria e si beveva abbondantemente. A uno a uno, conobbi i familiari, sparsi qua e là, circondati dalle loro corti di amici eleganti, simpatici. Benché Lindsay fosse come la sorella l'aveva descritta, molto bella, civettuola e di piacevole conversazione, non la preferii affatto a Connie. Delle due, mi sentivo più preso dalla maggiore che non dalla ventunenne laureata di Vassar. No, la donna per cui persi la testa quel giorno fu la madre di Connie, nientemeno, la favolosa Emily.

Emily Chasen, cinquantacinquenne, opulenta, abbronzata, con un viso arrogante da pioniera, dai capelli ingrigiti tirati all'indietro, dalle molli opime carni che si esprimevano in curve perfette degne d'un Brancusi. La sexy Emily, il cui largo bianchissimo sorriso e la cui cordiale risata di petto creavano un effetto di calore e seduzione irresistibili.

Che patrimonio genetico, pensai, in questa famiglia! Che cromosomi da primo premio! Cromosomi coerenti, oltretutto, poiché Emily Chasen mostrò subito di trovarsi perfettamente a suo agio con me, come sua figlia. Chiaramente le piaceva la mia compagnia, tanto che la monopolizzai per quasi tutto il pomeriggio, senza badare alle esigenze degli altri ospiti. Parlammo di fotografia (suo hobby) e di libri. Lei stava leggendo, in quel periodo, e con molto diletto, un romanzo di Joseph Heller. Lo trovava spassosissimo e, ridendo, avvincente, nel riempirmi il bicchiere, disse: "Dio, voi ebrei siete proprio gente esotica!"

Esotici? Se solo conoscesse i Greenblatt, pensai. Oppure i Milton Sharpstein e signora, amici di mio padre. O, quanto a questo, mio cugino Tovah. Esotici? Voglio dire, brava gente ma nient'affatto esotica, con le loro interminabili diatribe su come curare l'indigestione e sulla distanza ideale fra te e il teleschermo.

Per ore, Emily e io parlammo di cinema, delle mie aspirazioni teatrali e della sua nuova passione per i *collages*. Era chiaro che quella donna aveva diverse esigenze creative e intellettuali che, per un motivo o per l'altro, rimanevano tappate dentro di lei. Era chiaro d'altronde che non era infelice della propria vita e di suo marito. Lei e John Chasen, una versione anziana dell'uomo che si vorrebbe come pilota del proprio aeroplano, si abbracciavano e bevevano assieme e tubavano come colombi. In confronto ai miei genitori, che erano inspiegabilmente sposati da quarant'anni (si sarebbe detto solo per dispetto), John e Emily sembravano i coniugi Lunt o, che so, Filemone e Bauci. I miei genitori neanche del tempo riuscivano a parlare, senza accusarsi vicendevolmente e passare quasi alle vie di fatto.

Al momento di tornare a casa, mi dispiacque separarmi da Emily, che poi seguitò a dominare i miei pensieri.

"Sono carini, vero?" mi domandò Connie, mentre filavamo verso Manhattan.

"Sì, molto," concordai.

"Papà è la fine del mondo. Simpaticissimo, non trovi?"

"Hm hm." A dir la verità ci avevo scambiato sì e no dieci parole.

"Mamma, oggi, era in gran forma. Si è ripresa bene da una brutta influenza che ha avuto."

"Sì, una donna eccezionale," dissi io.

"Le sue foto e i suoi *collages* sono ottimi," disse Connie. "Vorrei che papà l'incoraggiasse di più, anziché essere così all'antica. Non lo sente, lui, il fascino della creatività artistica. Mai sentito."

"Peccato," dissi io. "Spero che non sia stato troppo frustrante, per tua madre, nel corso degli anni."

"Eh, lo è stato," disse Connie. "E Lindsay? Te ne sei innamorato?"

"È graziosa... ma non ha la tua classe. Almeno per quanto mi riguarda."

"Che sollievo," disse Connie, ridendo, e mi diede un bacetto sulla guancia. Da quel verme abissale che ero, non potevo naturalmente dirle che era la sua incredibile mamma che desideravo rivedere. Eppure, perfino mentre guidavo, il cervello mi scattava e lampeggiava come un computer per trovare il modo di trascorrere ogni tanto un po' di tempo con quella magnifica donna. Se mi aveste chiesto dove pensassi di arrivare, giuro che non avrei saputo cosa rispondere. Sapevo solo, mentre l'auto correva nella fredda notte d'autunno che, da qualche parte, Freud, Sofocle e Eugene O'Neill se la stavano ridendo.

Nei mesi seguenti riuscii a vedere Emily Chasen abbastanza spesso. Di solito era un innocente trio: Connie e io la portavamo con noi a un concerto, a un museo. Un paio di volte la vidi da solo a sola, poiché Connie era impegnata. Connie era contentissima che sua madre e il suo amante fossero così amici. Un paio di volte riuscii a incontrare Emily "per caso", e far due passi o bere un drink con lei. Era evidente che con me stava benissimo, poiché porgevo orecchio, comprensivo, alle sue aspirazioni artistiche e ridevo di cuore alle sue battute. Fra noi si parlava di musica e letteratura e dei fatti della vita. Le mie opinioni l'interessavano. Era evidente che mi considerava solo un buon amico, lungi da lei qualsiasi altra idea. O, sennò, non lo lasciò mai trapelare. Del resto che cosa potevo aspettarmi? Vivevo con sua figlia. E in una società civile certi tabù si rispettano. E poi, per chi l'avevo presa, quella donna? Forse per una vamp senza morale, uscita da qualche film tedesco, che non si facesse scrupolo a sedurre l'amante della figlia? In verità, avrei perso ogni rispetto per lei, se avesse confessato un colpevole amore per me, o se non si fosse comportata irreprensibilmente, da intoccabile. Eppure, mi ero preso una scuffia tremenda. Una vera e propria voglia e contro ogni logica, m'auguravo di cogliere qualche piccolo segno da cui risultasse che il suo matrimonio non era perfetto come sembrava o che, per quanto opponesse resistenza, si era fatalmente incapricciata di me. Certe volte accarezzavo perfino l'idea di far, io, una timida mossa aggressiva, ma subito mi figuravo titoli cubitali sulla stampa scandalistica, e così mi astenevo da ogni azione.

Desideravo tremendamente, nella mia angoscia, di spiegare questi confusi sentimenti a Connie, con tutta franchezza, per farmi aiutare da lei a districare la penosa matassa; ma ne sarebbe nata una carneficina, ne ero certo. E così, invece di dar prova di virile onestà, annusavo qua e là come un cane da tartufi, alla ricerca di indizi circa quel che provasse Emily per me.

"Ho portato tua madre alla mostra di Matisse," dissi a Connie una sera.

"Lo so," disse lei. "Le è molto piaciuta."

"È una donna fortunata. Sembra contenta. Un matrimonio felice."

"Sì." Pausa.

"Dunque, ehm... Ti ha detto qualcosa?"

"Mi ha detto che avete parlato, poi dopo, delle sue fotografie. Una conversazione piacevolissima."

"Esatto." Pausa. "Nient'altro? Su di me? Voglio dire, mi sono sentito invadente, a un certo punto."

"Oh, dio, no. Ti adora."

"Ah sì?"

"Ora che Danny sta sempre più col padre, lei ti considera come una specie di figlio."

"Figlio suo!?" esclamai, annichilito.

"Le sarebbe piaciuto, credo, avere un figlio che si interessasse come te al suo lavoro. Un vero compagno. Più affine a lei, intellettualmente, di Danny. Sensibile alle sue esigenze artistiche. Credo che tu svolga questo ruolo, ai suoi occhi."

Quella sera ero di pessimo umore e, mentre guardavo la televisione assieme a Connie, di nuovo il mio corpo smaniava di venire abbracciato e accarezzato, con tenerezza piena di passione, dalla donna che, invece, non vedeva in me niente di più pericoloso di un suo figliolo. Ma era proprio così? O non era un'ipotesi di Connie? Non poteva darsi che Emily fosse eccitata all'idea che un uomo, assai più giovane di lei, la trovava bella e sexy e affascinante e desiderava avere con lei un rapporto tutt'altro che filiale? Non era forse possibile che una donna della sua età, specie una il cui marito era sordo ai suoi bisogni più profondi, accettasse volentieri le attenzioni di un appassionato ammiratore? Poteva anche darsi che io, schiavo della mia mentalità piccolo-borghese, dessi troppo rilievo al fatto che vivevo con sua figlia. Dopotutto succedono cose anche più strane. Specie fra persone dotate di temperamento artistico. Bisognava risolvere la faccenda e porre fine a quella che ormai era una folle ossessione. La cosa si era fatta troppo greve: o mi dessi da fare o troncassi di netto. Decisi di darmi da fare.

Formulai dunque un piano di battaglia, ricalcato su alcune vittoriose campagne del passato. L'avrei portata al "Trader Vic's", un locale polinesiano fiocamente illuminato, con tanti angolini tranquilli, dove servivano un rum ingannevolmente leggero: l'ideale per scatenare la libido dai suoi sotterranei recessi. Un paio di Mai Tai e il resto sarebbe venuto da sé. Una mano sul ginocchio. Dita intrecciate. Un bacio repentino, disinibito. La bibita miracolosa avrebbe operato un prevedibile incantesimo. Non mi aveva mai deluso, in passato. Nel caso che la vittima si tirasse indietro e inarcasse le sopracciglia si poteva scaricare la colpa, graziosamente, su quel tropicale intruglio.

"Perdonami," avrei detto a mio discarico, "questo strano liquore mi ha dato alla testa."

Sì, era finito il tempo delle chiacchiere cortesi. Sono innamorato di due donne, mi dissi, problema nient'affatto inconsueto. Si dà il caso che siano madre e figlia? Bene, il gioco è ancora più appassionante! Stavo diventando isterico.

Tuttavia, per quanto a questo punto fossi ebbro di fiducia, devo ammettere che le cose non si svolsero, poi, come avevo progettato. D'accordo, la portai al "Trader Vic's" un freddo pomeriggio di febbraio. Ci guardammo anche negli occhi e franammo nel poetico, bevendo schiumose pozioni biancastre, su cui galleggiavano cubetti di ananas infilzati con minuscoli ombrellini di legno, ma si chiuse lì. E finì perché, nonostante lo scatenarsi delle mie più basse voglie, mi resi conto che avrei completamente distrutto Connie. Alla fine fu la mia coscienza sporca, o più esattamente il mio ritorno alla ragione, a impedirmi di posare una mano, come previsto, sul ginocchio di Emily Chasen e dar retta ai miei oscuri desideri. Mi resi conto d'un tratto che ero un pazzo sognatore e che, in realtà, avevo Connie e non potevo rischiare di ferirla; e questo mi bastò. Sì, Harold Cohen era un tipo assai più convenzionale di quanto ci volesse far credere. E più innamorato della sua ragazza di quanto non volesse ammettere. La cotta per Emily Chasen poteva venire archiviata, nel dimenticatoio. Per penoso che fosse tenere a freno gli impulsi nei confronti della mamma di Connie, la razionalità e la buona educazione avrebbero prevalso.

Al momento culminante di quel meraviglioso pomeriggio, avrei dovuto baciare ferocemente le tumide, invitanti labbra di Emily; invece chiesi il conto, e finì lì. Uscimmo ridendo, sotto la neve che cadeva a rade falde e, dopo averla accompagnata alla sua auto, la guardai partire per Lyme; quindi tornai a casa da sua figlia, con un nuovo, più profondo sentimento di affetto per la donna che, ogni notte, condivideva il mio letto. La vita è veramente un caos, pensai. I sentimenti sono così imprevedibili. Come si fa a restare sposati per quarant'anni? Questo, secondo me, è un miracolo più grosso del passaggio del Mar Rosso, sebbene mio padre, nella sua ingenuità, sia di diverso avviso. Baciai Connie e le dissi quanto profondamente l'amavo. Lei mi contraccambiò. Facemmo l'amore.

Dissolvenza, come si dice in gergo cinematografico: alcuni mesi dopo. Connie non riesce più ad avere un rapporto sessuale con me. Perché mai? Mi sento perseguitato dal destino come il protagonista di una tragedia greca. Ha cominciato a non funzionare più, insidiosamente, qualche settimana fa.

"Cosa c'è che non va?" le domando. "Ti ho fatto qualcosa?"

"Oh, dio, no, non è colpa tua. Oh, diavolo."

"Che c'è? Dimmi."

"Non me la sento, ecco tutto," dice lei. "Dobbiamo proprio farlo *ogni* notte?"

In realtà non si trattava di ogni notte ma di due o tre volte alla settimana, e poi sempre più di rado.

"Non ci riesco," dice lei, rammaricata, quando tento di eccitarla. "Lo sai, sto attraversando un cattivo periodo."

"In che senso cattivo?" le chiedo, incredulo. "Vedi forse qualcun altro?"

"Figurati."

"Mi ami?"

"Sì. Vorrei non amarti ma ti amo."

"E allora? Perché mi rifiuti? Anziché migliorare, va sempre peggio."

"Non ci riesco più, a far l'amore con te," mi confessò una sera. "Mi ricordi Danny. Non chiedermi perché."

"Tuo fratello? Scherzerai!"

"No."

"Ma ha ventitré anni, è biondo, anglosassone, protestante e fa l'avvocato insieme a tuo padre... e io te lo ricordo?"

"Al punto che è come se andassi a letto con mio fratello." E scoppiò in lacrime.

"Via, via, non piangere. Passerà, vedrai. Ora prendo un'aspirina e mi corico. Non mi sento bene." Mi premetti una mano sulla fronte e mi finsi sbigottito; ma era chiaro, era ovvio, che il mio legame con sua madre mi aveva fatto in qualche modo assumere un ruolo fraterno nei riguardi di Connie. Il Destino si stava prendendo la rivincita. Avrei subito il castigo di Tantalo, accanto allo snello appetibile corpo di Connie, verso il quale più non avrei potuto neanche allungare una mano senza provocare, almeno per il momento, un moto d'insofferenza e disgusto. Nell'irrazionale gioco delle parti che si ripete in ogni nostro dramma sentimentale, ero d'un tratto diventato il fratello.

I mesi seguenti furono contrassegnati da angosce di vario tipo. Prima, il dolore di vedermi scacciato dal letto. Poi, illudersi a vicenda che si trattasse di una cosa transitoria. A ciò si accompagnò da parte mia il tentativo di mostrare comprensione, di portare pazienza. Tempo addietro, ricordai, da studente mi era capitato di non riuscire a far l'amore con una ragazza solo perché un nonsoché nella sua fisionomia mi ricordava vagamente la zia Rifka. Questa ragazza era molto più carina di quella mia zia dalla faccia di scoiattolo, eppure l'idea di far l'amore con la sorella di mia madre bastava a mandare tutto a ramengo. Capivo quindi quel che Connie doveva provare, eppure la frustrazione sessuale aumentava e si complicava sempre più. Dopo un po', il mio autocontrollo cercava sfogo in frecciate sarcastiche e, più avanti, nella voglia impetuosa di dar fuoco alla casa. Tuttavia cercavo di non essere avventato, cercavo di aspettare che quella tempesta d'irrazionalità si placasse volendo preservare quello che era, per altri versi, un buon rapporto. Al mio consiglio di recarsi da uno psicanalista, Connie fece orecchie da mercante, poiché nulla era più alieno alla sua educazione connecticutese di quella scienza ebraica nata a Vienna.

"Va' a letto con altre donne. Che vuoi che ti dica?"

E io: "Non mi vanno le altre. Amo te."

"Anch'io ti amo. Lo sai. Ma non posso far l'amore con te."

In realtà, non ero il tipo che scopa a destra e a sinistra e difatti, nonostante quelle mie fantasie su sua madre, non avevo mai tradito Connie. D'accordo, avevo sognato a occhi aperti, com'è normalissimo, svariate altre donne — l'attrice tale, la hostess tal altra, una commessa o una studentessa — eppure non sarei mai stato infedele alla mia amante. Non già per mancanza di occasioni. Certe donne, che mi erano capitate in quel periodo, si erano mostrate molto aggressive, rapaci perfino; senonché non m'ero lasciato sedurre. Doppiamente lodevole, per questo, da quando Connie era diventata impotente. Mi capitò, s'intende, durante questo difficile periodo, di rivedere Emily, assieme a Connie o anche da sola, ma sempre senza secondi fini, poiché sapevo che, a riattizzare le braci che avevo tanto bene ricoperto di cenere, sarebbe stato un disastro per tutti e tre.

Connie invece non mi era fedele. No, la triste verità era che lei, in diverse occasioni, aveva ceduto ad allettanti inviti, andando a letto clandestinamente sia con autori che con attori.

"Cosa vuoi che ti dica?" Erano le tre del mattino e lei piangeva, messa alle strette da me, in un ginepraio di alibi che si contraddicevano a vicenda. "Lo faccio solo per verificare che non sono finita. Che non ho perso del tutto la mia sessualità."

"Riesci a fare l'amore con chiunque, tranne me," dissi io, furioso per tanta ingiustizia.

"Infatti. Tu mi ricordi mio fratello."

"Non voglio più sentirla, questa sciocchezza."

"Te l'ho detto, va' a letto con altre."

"Ho cercato di evitarlo, finora, ma ormai credo che sia inevitabile."

"Fallo pure. Ti prego. È una maledizione," singhiozzò.

Era davvero una maledizione. Quando due si amano ma sono costretti a separarsi per un'aberrazione quasi comica, cos'altro può essere? Che me la fossi tirata addosso io, portando avanti quella relazione con sua madre, era innegabile. Avevo osato pensare di poter sollazzarmi con Emily Chasen quando già mi sollazzavo con sua figlia.

Peccato di *hubris*, può darsi. Io, Harold Cohen, che pecco di *hubris*! Uno come me che non si è mai ritenuto da più di un roditore, condannato per *hubris*? Dura da mandar giù. Eppure ci separammo. Con dolore ce n'andammo ciascuno per la propria strada, pur restando buoni amici. D'accordo, abitavamo a una decina d'isolati di distanza e ci si parlava quasi un giorno sì e uno no, ma la nostra storia era finita. Fu allora, solo allora, che cominciai a rendermi conto di quanto avevo realmente amato Connie. Inevitabilmente, accessi d'ansia e di malinconia accentuavano il mio rimpianto, la mia pena proustiana. Rivangavo il bel tempo perduto, i nostri eccezionali amplessi, e, nella solitudine del mio vasto appartamento, piangevo.

Cercavo avventure ma, inevitabilmente, tutto mi sembrava squallido. Le ragazze che mi portavo in camera mi lasciavano più vuoto che mai: peggio ancora che passare la sera a leggere un buon libro. Il mondo mi appariva veramente sordido e stantio, sommamente inutile: un luogo di squallore e di tristezze... finché un giorno non appresi la notizia, strabiliante, che la madre di Connie aveva lasciato il marito, e stavano per divorziare. Roba da matti, pensai, mentre il cuore mi batteva a velocità accelerata per la prima volta da secoli. I miei genitori si bisticciano come i Montecchi e Capuleti ma restano insieme per tutta la vita. Il padre e la madre di Connie sorseggiano martini abbracciati, civilissimamente, e poi, trac, divorziano.

La mia linea di condotta era bell'e tracciata. Prima tappa: il "Trader Vic's". Ormai non c'erano più ostacoli, sul nostro cammino. Quantunque fosse imbarazzante il fatto di essere stato l'amante di Connie, non sussistevano più le remore di un tempo. Eravamo entrambi liberi, adesso. Il mio amore per Emily Chasen, che aveva seguitato a covare sotto la cenere, divampò di nuovo. Un crudele destino aveva distrutto la mia relazione con Connie, ma nulla poteva ora impedirmi la conquista di sua madre.

Sulla cresta dell'onda di un'autoesaltazione senza pari, in preda alla mia *hubris* in trentaduesimo, telefonai a Emily e le diedi appuntamento. Tre giorni dopo, sedevamo appartati in un cantuccio, nella penombra di quel ristorante polinesiano, e lei, dopo due o tre bicchieri, sciolse la lingua e mi raccontò le sue traversie coniugali. Quando disse che pensava di rifarsi una vita, con meno costrizioni e più aperture verso l'arte, la baciai. Sì, fu colta alla sprovvista, ma non si mise a urlare. Era sorpresa. Io le confessai i miei sentimenti e la baciai di nuovo. Per quanto sbigottita, lei non scappò via. Al terzo bacio, capii che sarebbe crollata. Sì, mi contraccambiava. La portai a casa mia e facemmo l'amore. L'indomani, smaltiti i fumi del rum, la trovai ancora magnifica e facemmo ancora l'amore.

"Voglio sposarti," le dissi, con gli occhi lustri di ammirazione.

"Dici per scherzo," fece.

"No, sul serio. Né più né meno."

Ci baciammo e cominciammo subito, a colazione, a far tanti progetti. Quel giorno stesso diedi la notizia a Connie, pronto a tutti i rabbuffi. Invece niente. Avevo messo in predicato una gamma di reazioni, dal riso di scherno alla furia scatenata, invece Connie prese la cosa, graziosamente, di sottogamba. Lei stessa conduceva una vita mondana molto intensa, frequentava vari uomini, e poi era in angustie per sua madre da quando si era divorziata. Ed ecco che un giovane cavaliere si sarebbe preso cura dell'amabile dama. Un cavaliere che era, perdipiù, in cordiali rapporti con Connie. Un bel colpo di fortuna, tutto sommato. Il complesso di colpa, per avermi fatto tanto patire, le sarebbe passato; sua madre sarebbe stata felice; io idem. Connie prese dunque il tutto con naturalezza, anzi con allegria.

I miei genitori, invece, corsero alla finestra, litigando, chi dovesse buttarsi per primo.

"È inaudito, inaudito!" gemette mia madre, lacerandosi le vesti e digrignando i denti.

"È impazzito. È diventato matto, quell'idiota," disse mio padre, stralunato e pallido.

"Una *shiksa* di cinquantacinque anni!" esclamò la zia Rose, facendo l'atto di trafiggersi con un tagliacarte.

"Io l'amo," protestai.

"Ha il doppio dei tuoi anni," gridò lo zio Louie.

"E allora?"

"E allora non va fatto," gridò mio padre, appellandosi alla *Torah*.

"È la madre della sua fidanzata che sposa?" domandò la zia Tillie, cadendo in deliquio.

"Cinquantacinque e *shiksa*," strillò mia madre, cercando una pastiglia di cianuro che aveva messo via, per simili evenienze.

"Ma che, l'hanno stregato?" domandò lo zio Louie. "L'hanno ipnotizzato, sta a vedere!"

"Idiota! Imbecille!" seguitò a inveire mio padre.

La zia Tillie riprese conoscenza, mi guardò, ricordò tutto, e cadde di nuovo in deliquio.

La zia Rose, in ginocchio, intonava *Sh'ma Yisroel*.

"Iddio ti punirà, Harold," tuonò mio padre. "Iddio fenderà la tua lingua e tutto il tuo bestiame perirà e una decima parte dei tuoi raccolti avvizzirà e..."

Senonché io sposai Emily e non ci furono suicidi. Alle nozze assistettero i tre figli di lei e una dozzina di amici. Si fece una festicciola a casa di Connie con fiumi di champagne. I miei non ci vennero: avevano un impegno precedente, dovevano assistere al sacrificio d'un agnello. Noi ballammo, ridemmo e scherzammo. La serata andò benissimo. A un certo punto, mi trovai solo con Connie, in camera da letto. In tono di celia, ricordammo gli alti e bassi della nostra relazione, e quanto ero attratto sessualmente da lei, una volta.

"Lusinghiero," lei disse, con calore.

"Be', m'è andata storta con la figlia, così mi sono rifatto sulla madre."

In men che non si dica mi ritrovai con la lingua di Connie dentro la bocca.

"Ma che diavolo fai?" dissi, staccandomi. "Sei ubriaca?"

"Mi arrapi da non credere," disse, gettandomi riverso sul letto.

"Ma che t'è preso? Sei una ninfomane?" dissi, rialzandomi, tuttavia eccitato, innegabilmente, da quella sua improvvisa aggressività.

"Devo fare l'amore con te. Se non subito, presto," disse lei.

"Con me? Con Harold Cohen? Con il tizio che viveva con te? Che ti amava? Che però non ti si poteva avvicinare salvo farti urlare come un'arpia perché ti ricordava tuo fratello? È per me che sbavi? Per questa figura fraterna?"

"È tutto un altro paio di maniche adesso," disse, stringendosi a me. "Sposando la mamma, sei come mio padre." Mi baciò e, prima di tornare di là, alla mia festa nuziale, mi bisbigliò: "Sta' tranquillo, papà, non mancheranno le occasioni propizie."

Rimasi lì in camera, seduto sulla sponda del letto, a fissare lo spazio infinito, fuori dalla finestra. Pensai ai miei genitori e mi chiesi se non fosse il caso di abbandonare il teatro e tornare alla scuola rabbinica. Attraverso la porta socchiusa vidi Connie che parlava con sua madre, e ridevano insieme, attorniate dai nostri invitati. Tutto quello che riuscii a borbottare fra me, accasciato lì inerte e ingobbito, fu una vecchia battuta di mio nonno, che fa: "*Oy vey*, poveri noi."

# L'AUTORE

Sbattuto fuori sia dalla New York University che dal City College, Woody Allen si mette a scrivere: prima sforna testi e battute per i più noti show televisivi, poi, nel 1964, decide di lavorare in proprio.

Oltre alle numerose apparizioni in televisione e nei night club, Woody Allen incide tre album comici tratti dalle sue partecipazioni a diversi recital, e, fra una cosa e l'altra, trova il tempo di scrivere grossi successi di Broadway come: *Don't Drink the Water* e *Play It Again Sam* (in cui interpreta se stesso sia nella commedia che nella successiva versione cinematografica, *Provaci ancora, Sam*). La sua prima sceneggiatura cinematografica risale al 1964 ed è il famosissimo *Ciao, Pussycat*. Ha anche scritto, diretto e interpretato parecchi film, tra cui: *Prendi i soldi e scappa, Il dittatore dello stato libero di Bananas, Tutto quello che avreste voluto sapere sul sesso, Il dormiglione, Amore e guerra, Io e Annie, Interiors, Manhattan, Stardust Memories, Una commedia sexy in una notte di mezza estate, Zelig, Broadway Danny Rose, La rosa purpurea del Cairo, Hannah e le sue sorelle, Radio Days, Settembre, Un'altra donna, New York Stories*.

Allen scrive i testi per i suoi special televisivi di cui è anche interprete, ed è un affezionato collaboratore del *New Yorker* e di altri periodici.

Ha un solo rimpianto: non essere qualcun altro.

# NOTA INFORMATIVA

Heywood Woody Allen Steward Konigsberg è nato il 1º dicembre 1935 a Flatbush, un rione di Brooklyn, da una famiglia borghese di origine russa o ungherese. Va dunque sfatata la leggenda che lo vuole figlio di immigrati spaesati: "Io non ero un piccolo solitario, un bambino spaventato... Non ero povero, né affamato, né negletto... ma ben nutrito, ben vestito e sistemato in una bella casa." I veri problemi di Woody Allen furono, fin dai tempi della scuola, di natura personale e psicologica: piccolo, occhialuto, lentigginoso, *brutto*, in un'America Anni Quaranta che esaltava l'importanza della bellezza e del successo. E al raggiungimento di quest'ultimo il Nostro decise di dedicare ogni sforzo. A scuola era un vero disastro, fu cacciato da due università, le ragazze ignoravano i suoi corteggiamenti; eppure, in mezzo a mille frustrazioni e conseguenti complessi, il giovane Woody scoprì di avere un lato positivo: era divertente, suscitava ilarità – qualsiasi cosa dicesse o facesse.

A quindici anni scrive *gags* e trovate per comici come Bob Hope e Arthur Murray, che le sfornavano nei loro shows, facendole passare per proprie. A diciassette viene ingaggiato da una rete televisiva a far parte di uno staff di umoristi, redattori di testi per grossi nomi dello spettacolo. Quando nel 1954 si sposa con la sedicenne Harlene Rose è un diciannovenne che firma programmi per "mostri" della TV come Sid Caesar e Pat Boone. Nella produzione di questo periodo s'incontrano due temi: le traversie matrimoniali del futuro "maggior comico d'America" e il suo incontro con Júng e Freud che diventano i pilastri di una sua controanalisi ironica.

Nel 1961 debutta come attore al "Duplex", un locale del Village, e da allora per Allen inizia un carosello di apparizioni in nightclubs sempre più prestigiosi con performances di vario genere. Il suo successo è dovuto a un tipo di comicità moderna, apparentemente scanzonata ma in realtà costantemente legata ai temi tipici del mondo contemporaneo e della società americana in generale, anche se il suo è un discorso non di massa, rivolto a un'élite abituata a leggere, a occuparsi di problemi politici, sòciali e culturali, interessata all'arte d'avanguardia. Il campo delle sue attività si va allargando: fonda un complesso jazz in cui suona il clarinetto; incide dischi; tiene alla TV una rubrica tutta sua; scrive regolarmente pettegolezzi e commenti umoristici per pubblicazioni come *New Yorker*, *Playboy*, *Evergreen Review*, *The New Republic* e *The New York Times*; rappresenta a Broadway un paio di commedie: il 1966 è l'anno di *Don't Drink The Water* – di cui tre anni dopo fu fatta la versione cinematografica dal titolo *Come ti dirotto il jet* –, il 1969 di *Play It Again, Sam*, del suo divorzio dalla seconda moglie, l'attrice Louise Lasser, e del suo esordio come attore di teatro.

Woody Allen si accosta al cinema come collaboratore ai dialoghi di alcuni film, senza però firmarli; è quasi certo che collaborò con Peter Sellers alla sceneggiatura, tra l'altro, della *Pantera Rosa*. Nel 1965 scrisse soggetto e sceneggiatura di *What's New, Pussycat?* (*Ciao, Pussycat!*); due anni dopo fece parte del cast di *Casino Royale* (*007 Casino Royale*); nel 1969 girò il suo primo film, *Take the Money and Run* (*Prendi i soldi e scappa*), di cui era anche interprete. Fu in questa occasione che Woody Allen cominciò a definire il suo personaggio cinematografico che nasceva dallo humour ebraico-newyorkese, lo *shlemiel* – l'"idiota" – della tradizione yiddish, facilmente individuabile in tanta narrativa e in teatro e cinema americani contemporanei (si pensi, per esempio, a Jerry Lewis, a Mike Nichols, a Jules Feiffer, a Neil Simon, a Philip Roth). Allen venne subito paragonato a Groucho Marx, l'altro specialista dell'umorismo nonsense. Groucho commentò: "Dicono che Allen abbia preso qualcosa dai fratelli Marx. Non l'ha fatto. È originale. Il migliore. Il più spiritoso."

Nel 1971 la Random House pubblicò *Getting Even* (*Saperla lunga*, Bompiani 1973). Il mondo della letteratura, dell'arte, della storia, era diventato il suo mondo ed egli ne faceva oggetto di umorismo. Woody è ormai padrone di ciò che tratta: rifà il verso allo stile di Hemingway, a quello dei racconti hasidici, al romanzo alla Mickey Spillane, scherza sulla filosofia, ironizza con raffinatezza il costume d'epoca. Sempre nel 1971 esce il film *Bananas* (*Il dittatore dello stato libero di Bananas*), definito "pazzo, surreale, scandalosamente divertente" dal critico del *New York Times*. Con *Play It Again, Sam!* (*Provaci ancora, Sam!*) del 1972, la fama di Allen come una delle maggiori vedettes internazionali viene definitivamente consolidata. Seguono *Everything You Always Wanted To Know*

About Sex, But Were Afraid To Ask (*Tutto quello che avreste voluto sapere sul sesso, ma non avete mai osato chiedere*), *The Sleeper* (*Il dormiglione*); nel 1975 *Love and Death* (*Amore e guerra*), un'opera "che richiama alla mente le parodie scritte per il *New Yorker*" lo stesso anno Allen pubblicò il suo secondo libro di racconti e brani teatrali, *Without Feathers* (*Citarsi addosso*, Bompiani 1976), che confermò il successo del precedente. Nel 1977, con *Annie Hall* (*Io e Annie*), comincia a studiare se stesso con le proprie ansie, le proprie amarezze, le proprie delusioni, le proprie illusioni.

Del 1978 è *Interiors*, del '79 *Manhattan*, dell'80 *Stardust Memories* e il terzo libro, *Side Effects* (*Effetti collaterali*, Bompiani 1981), una raccolta di sedici pezzi, tra i quali "Il caso Kugelmass" che nel '77 vinse l'O. Henry Award per il miglior racconto dell'anno. Tra i films vanno ricordati ancora *Zelig* (1983), *Broadway Danny Rose* (1984), *La rosa purpurea del Cairo* (1985), *Hannah e le sue sorelle* (1986), *Radio Days* (1987), *Settembre* (1987), *Un'altra donna* (1988), *New York Stories* (1989), *Crimini e misfatti* (1990), *Storie d'amore e infedeltà* (1991), *Alice* (1991).

"Sono scettico, nichilista, pessimista": politicamente, Allen è un "qualunquista di sinistra", ha esigenze di libertà e giustizia, ma visto che i leaders sono destinati a diventare dittatori, non ama i partiti e le ideologie. È un illuminista che discute ogni metafisica, un moralista immoralista. Nel suo umorismo i procedimenti essenziali sono l'inversione ("Ero solito portare una pallottola nel taschino all'altezza del cuore. Un giorno un tale mi tirò addosso una Bibbia. La pallottola mi salvò la vita"), l'anticlimax ("Picasso stava per iniziare il 'periodo blu', ma Gertrude Stein ed io bevemmo un caffè con lui e così lo iniziò dieci minuti dopo."). Ha scritto: "Il grande umorismo è intellettuale senza tentare di esserlo. Si può insegnare alla gente un po' di matematica o un po' di mosse di scacchi, ma non come scrivere battute comiche. Ci vuole un talento bizzarro. Riduzione all'essenziale. Ha qualcosa a che fare con la logica e qualcosa a che fare con la letteratura." Lui, Woody Allen, è senz'altro un grande umorista.

# INDICE

**TASCABILI BOMPIANI**
Periodico settimanale anno VII numero 291 - 13/9/1982
Registr. Tribunale di Milano n. 133 del 2/4/1976
Direttore responsabile: Giovanni Giovannini
Finito di stampare nel gennaio 1992 presso
la Milanostampa S.p.A. - Farigliano (CN)
Printed in Italy

L. 10.000